Die Ehre der Am'churi

von Sandra Gernt

dead soft verlag

Originalausgabe 2009
http://www.deadsoft.de

Cover: M. Hanke

2. Auflage
ISBN 978-3-934442-50-4

I.

„Das ist er", knurrte Jivvin angewidert, als er mit seinen beiden Zimmerkameraden, Lurez und Pitu, den Raum betrat. Sie starrten auf den Neuen, der sich so tief unter seiner Bettdecke verbarg, dass von ihm im Augenblick nur tiefschwarzes Haar zu sehen war.

Ni'yo schreckte hoch, völlig desorientiert. Es dauerte mehrere Augenblicke, bis er sich erinnerte, wo er überhaupt war: im Tempel des Kriegsgottes Am'chur. Er hatte mehrere Stunden lang geschlafen, völlig erschöpft von der Berührung des Gottes. Mit großen dunklen Augen starrte er die drei älteren Jungen an, Am'churi wie er selbst. Auserwählt vom zornigen Drachen. Für gewöhnlich zeigten sich die furchterregenden Zeichen, dass man erwählt war, erst während der Geschlechtsreife. Ein erschreckender Moment – nicht nur für die jungen Krieger, sondern auch deren Familien, die meist sofort alles versuchten, um diese *Kreatur* loszuwerden. Ni'yo war erst knapp sieben Sommer alt und damit der jüngste Am'churi des Tempels. Ein Hort der Verstoßenen …

„Sieht ja wirklich aus wie eine abgezogene Ratte", höhnte Pitu und beugte sich grinsend zu Ni'yo herab.

„Na, du Kleiner, kannst du denn schon sprechen?", fragte er in jenem singenden Ton, mit dem man sich Säuglingen näherte. Ni'yos Gesicht verdüsterte sich, aber er schwieg.

„Sieht nicht so aus. Was will dieser Hosenscheißer bei uns? Aus dem wird doch kein Krieger! Oder soll er ein Haustier für die Großmeister abgeben? Kannst du Stöckchen bringen? Kannst du schön bellen?", stichelte Pitu weiter. Lurez und Jivvin lachten. Ni'yo ballte die Fäuste, mörderische Blitze funkten in seinem Blick.

„Na los, bell doch mal! Zeig uns, was du kannst! Irgendeinen Grund muss es doch geben, dass du hier bist. Oder wollten deine Eltern dich nur loswerden, weil du völlig nutzlos bist?" Pitu boxte den Jungen, der langsam von seinem Bett aufgestanden war, hart gegen die Schulter. Ni'yo, der mehr als zwei Köpfe kleiner und kaum so schwer wie ein Schmetterling war, taumelte mehrere Schritte zurück und prallte gegen die Wand. Er zeigte keinen Schmerz, keine Angst, weinte nicht, wie die drei älteren Jungen es erwartet hätten, sondern starrte sie nur finster an.

„Was guckst du so? Na los, Krieger, wehr dich!" Pitu baute sich vor ihm auf, schubste ihn unsanft zurück gegen die Mauer.

„Pitu, lass ihn. Wenn du ihn verletzt, bekommen wir Ärger", murmelte Jivvin. Das Glitzern in Ni'yos Blick gefiel ihm nicht, und Großmeister Leruam hatte ihn gebeten, sich ein wenig um den Jungen zu kümmern.

„Keine Angst, ich tu ihm nicht weh. Ich will doch nur wissen, ob der uns überhaupt hört!"Er klopfte mit der Faust gegen Ni'yos Stirn. „Bist du taub? Oder einfach nur blöd?"

„Fass mich nicht an!", fauchte der Junge und schlug Pitus Hand weg.

„Ho! Jetzt hab ich aber Angst! Sag schön bitte, du Rotznase, dann lass ich dich in Ruhe." Er holte aus, um Ni'yo vor die Brust zu schlagen, aber er erreichte nie sein Ziel: Mit einem Mal bewegte sich Ni'yo, schneller, als der Blick folgen konnte, rammte seine beiden kleinen Fäuste in Pitus Unterleib, riss das Knie hoch, als sein Gegner überrascht in sich zusammensackte und traf ihn damit hart ins Gesicht. Klauen brachen aus seinen Fingern hervor, sein Unterkiefer verschob sich, lange Reißzähne wurden sichtbar. Sein bedrohliches Grollen war das einzige Geräusch in der absoluten Stille, die eingetreten war. Pitu lag regungslos am Boden, Blut quoll hell aus seiner Nase. Ni'yo stand über ihm, bleich wie die Wand in seinem Rücken. Mörderische Wut glühte in seinen unmenschlichen Augen, mit denen er Jivvin und Lurez musterte. Sie alle waren Gestaltwandler, halb Mensch, halb Drache, denn dies war Am'churs Gabe. Nur im allerhöchsten Zorn offenbarte sie sich, nur in Todesnot wurden aus den Erwählten wahrhaftige Drachen. Zusätzlich zur Wandlungsfähigkeit besaßen Am'churi außergewöhnliche Heilkräfte, die sie auch schwere Verletzungen in kurzer Zeit durchstehen ließen. Nichts davon war den entsetzten Jungen im Moment bewusst.

„Du hast ihn umgebracht", wisperte Jivvin, der sich als erster fing. Langsam wagte er sich zu seinem Freund vor, ließ Ni'yo dabei keinen Moment unbeobachtet.

Pitu rührte sich, rollte sich leise stöhnend zusammen. Jivvin zog ihn am Arm außer Reichweite des fremden Jungen, der noch immer eine tödliche Gefahr darstellte. Lurez rannte schreiend aus dem Raum, um Hilfe zu holen.

„Das verzeihe ich dir nie, du Ratte!", zischte Jivvin zornig. „Niemals, hörst du!"

„Ich hatte ihm gesagt, er soll mich lassen", flüsterte Ni'yo. Langsam wich die Anspannung in seinem winzigen Körper. Aus den Drachenkrallen wurden wieder menschliche Finger, die er verwirrt betrachtete.

„Er hat dich ein bisschen geschubst, und du schlägst ihn dafür halb tot! Es ist verboten, sich einfach zu verwandeln. Du bist eine Ratte, eine feige Ratte! Und Ratten gehören erschlagen!"

„Was ist hier los?" Tamu und Leruam, die beiden Vorsteher des Tempels, betraten den Raum. Sie blickten von dem blutüberströmten Kind auf dem Boden zu den beiden vor Zorn spruhenden Jungen, die über Pitu standen.

„Auseinander, ihr beiden!" Leruam ergriff Ni'yo bei der Schulter, zog ihn hinter sich.

„Es sieht so aus, als hätten wir uns geirrt, dich in dieses Zimmer zu schicken. Jivvin, geh zum Abendessen, es hat längst geläutet. Tamu, kümmere dich um den Jungen, ich denke, seine Nase ist gebrochen. Und Ni'yo, du kommst mit mir."
„Ich krieg dich", zischte Jivvin hasserfüllt, bevor er den Raum verließ.
„Was hast du vor?", fragte Tamu in der geheimen Sprache der Am'churi, damit die beiden verbliebenen Kinder ihn nicht verstehen konnten.
„Er bekommt einen Raum für sich, getrennt von den anderen", seufzte Leruam. „Es sieht nicht so aus, als würde er den Zorn in sich kontrollieren. Am'chur hatte mich davor gewarnt. Ni'yo ist einfach noch sehr jung. Ich hatte gehofft, Jivvin würde sich mit ihm anfreunden, er ist schließlich auch jünger als die anderen und sehr begabt." Der alte Großmeister dachte an das, was vor wenigen Stunden geschehen war: Der schwer verwundete Junge, fast noch ein Kleinkind, hatte sich ganz allein durch das Tempeltor geschleppt, auf der Flucht vor jenen, denen er nur mit knapper Not entkommen war. Am'chur hatte Ni'yo geheilt und Leruam verboten, die Wahrheit über dieses Kind nach außen dringen zu lassen.
„ER IST MEIN, LERUAM, MEIN EIGENTUM. VERSTEHE, WAS ER IST – UND FÜRCHTE IHN. JEDER WIRD IHN FÜRCHTEN. LEHRE IHN, EIN AM'CHURI ZU SEIN. ER IST ALLEIN MEIN!"
Die riesige Statue des Drachengottes war zum Leben erwacht, hatte seinem Diener das Wissen geschenkt, das er brauchte, um diese Last zu meistern. Leruam wusste, er würde schwer an ihr tragen. Nun galt es aber erst einmal, Ni'yos unmittelbares Überleben zu sichern, und dafür musste er ihn außer Reichweite der anderen Jungen schaffen.

„Aber wenn wir ihn isolieren, wird es für die anderen noch schwerer, ihn als einen der ihren anzunehmen“, warnte Tamu besorgt.
„Verstehst du nicht? Es geht nicht darum, Ni'yo in unsere Gemeinschaft aufzunehmen. Wir müssen ihn auch nicht vor den Übergriffen der anderen beschützen, die in ihm ein ideales Opfer sehen, klein und schmächtig, wie er ist. Wir müssen die anderen vor *ihm* beschützen. Die anderen Am'churi. Die ganze Welt. Ni'yo ist gefährlich! Er muss lernen, sich zu beherrschen, sonst wird es bald Tote geben. Wir müssen ihn vor sich selbst beschützen.“
Besorgt blickte Tamu auf Pitu nieder, der mittlerweile schwankend auf die Beine gekommen war.
„Meister, ich will den nicht hier haben“, brachte er mühsam hervor, starrte entsetzt auf das viele Blut, das seine weiße Robe tränkte.
Ni'yo senkte den Kopf, wich allen Blicken aus.
„Komm mit mir“, sagte Leruam sanft, und führte den Jungen durch die Tür.
Oh ja, es würden schwierige Zeiten werden, daran bestand kein Zweifel …

Einige Jahre später …

2.

Jivvin stöhnte innerlich, als sein Feind den Speiseraum betrat. Alle Tische waren bereits besetzt, also musste sich Ni'yo zu ihm setzen. Sieben Jahre waren seit ihrer ersten Begegnung vergangen; seitdem hatte ihr Hass sich vertieft. Alle Bewohner dieses Tempels hassten und fürchteten das Rattengesicht, selbst die ausbildenden Meister. Kaum einer wagte allerdings, den Jungen offen anzugreifen, dazu war er schlicht zu gefährlich. Anfangs hatten die älteren Schüler noch gelacht, wenn sie gegen Ni'yo im Stockkampf oder A'Kure-cham, der waffenlosen Kampfkunst, antreten sollten, auch wenn sie gehört hatten, was mit Pitu geschehen war. Der Junge war kaum halb so groß wie sie, zudem ein Neuling, während sie teilweise schon seit Jahren ausgebildet wurden. Nachdem Ni'yo die ersten Gegner binnen weniger Herzschläge niedergerungen hatte, lachte niemand mehr. Jeder wusste, reizte man Ni'yo zu sehr, weil man glaubte, er wäre leichte Beute, konnte das üble Folgen haben, selbst für Adepten, die mehr als doppelt so alt waren wie er. Er bewegte sich mit einer Schnelligkeit, die seinen Mangel an Kraft und Reichweite mehr als ausglich. Bei Waffenübungen wollte niemand mit ihm kämpfen, er saß oft gelangweilt am Rand oder versuchte es allein. In den Schreibstunden musste er weit abseits sitzen. Aber Leruam hielt seine Hand über ihn, Ni'yo wurde selten bestraft, wenn seine Wut durchbrach, sondern meist diejenigen, die ihn provoziert hatten. Das mochte gerecht sein, aber es schürte den Hass und die Ablehnung der anderen noch mehr. Wenn man ehrlich war, hatte es seit Jahren keine Ausbrüche Ni'yos mehr gegeben, er beherrschte sich. Er verwandelte sich nicht mehr unwillkürlich und war somit keine tödliche Gefahr mehr für alle anderen. Dennoch wollte niemand etwas mit ihm zu tun haben, und die wenigen, die es aus Mitleid oder Neugier versuchten, wurden von dem Jungen rasch weggejagt. Er war misstrauisch, hielt sich von der Gemeinschaft fern.

Jivvin erging es zu Teilen ähnlich. Auch er war stärker, lernte schneller als seine gleichaltrigen Waffenbrüder. Tatsächlich war er der einzige, der Ni'yos Fortschritten zumindest auf den meisten Gebieten folgen konnte. Glücklicherweise hasste ihn niemand dafür. Zwar gab es Neider, er hatte neben Ni'yo noch weitere Feinde, vor allem unter den älteren Adepten. Zumeist aber begegnete man ihm freundlich und bat eher um Hilfe als ihn auszuschließen. Ni'yo und er hatten gemeinsam die Prüfung zum Adepten abgelegt, kaum ein Jahr, nachdem sie in den Tempel gekommen waren. Die Rivalität zwischen ihnen hatte die Feindschaft, geboren aus der ersten Begegnung, nur noch weiter genährt. Sie waren mit großem Abstand die jüngsten und erfolgreichsten Schüler, die jemals an diesem Ort aufgenommen worden waren – was Jivvin einige Freunde gekostet hatte, denn die waren alle Novizen geblieben und fanden den Anschluss nicht mehr zu ihm, als sie selbst Adepten wurden.

Das Rattengesicht saß am Ende des Tisches, mehrere Plätze von Jivvin entfernt, nahm sich Geschirr von einem Tablett, das von einem Novizen herumgereicht wurde und füllte sich dann Tee aus dem Krug, der für alle bereitstand. Zwei Adepten setzten sich Jivvin gegenüber, Perénn und Kamur. Sie grüßten sich flüchtig. Eine Weile lang widmete er sich ganz seinem Essen und versuchte, den Blick auf seinen Feind zu vermeiden, um sich nicht grundlos den Appetit zu verderben. Doch er konnte es nicht, unweigerlich musste er wieder zu ihm hinüber

sehen. Wie sehr er diese Ratte hasste! Eines Tages würde er ihn zerquetschen!
Plötzlich erstarrte Ni'yo. Ganz langsam setzte er die Tasse ab, als fürchtete er, sie zu zerbrechen. Der Ausdruck von Angst und fassungslosem Entsetzen flackerte kurz über sein Gesicht, dann verschwand es, als wäre nie etwas geschehen. Obwohl er fast nichts gegessen hatte, stand Ni'yo auf, brachte sein Geschirr fort und verließ den Speisesaal.
Jivvin hätte diesen Vorfall als nebensächlich abgetan, vielleicht sogar als Einbildung. Ni'yo benahm sich oft seltsam, und es war nicht ungewöhnlich, dass er wenig bis gar nichts aß. Doch Perénn und Kamur beobachteten aufmerksam, wie der Junge hinausging. Sie verabscheuten Ni'yo, wie fast jeder hier. Was Jivvin in ihren Augen las, war allerdings kein Hass, sondern Triumph. Nachdenklich blickte er sich um. Niemand sonst sah hinter Ni'yo her oder schien irgendetwas ungewöhnlich zu empfinden. Alle aßen, unterhielten sich, lachten und scherzten. Pérenn und Kamur verließen ebenfalls den Saal, ein bisschen eiliger als sonst üblich, zudem hatten sie noch nicht einmal Tee getrunken, geschweige denn das Essen angerührt.
Bei Am'churs Weisheit, was bedeutet das? Hastig beendete Jivvin sein Mahl, ohne etwas zu schmecken.
Für gewöhnlich verbrachte Jivvin seine Abende damit, zu lernen, einige schwierige Kampf- oder Waffentechniken zu üben oder sich auf den Moment vorzubereiten, an dem er beginnen durfte, sein eigenes Chi'a zu schmieden. Es dauerte rund zwei Jahre, diese Waffe anzufertigen, die Am'churs Krallen nachempfunden war, und nur, wenn seine Großmeister einstimmig bestätigten, dass er an Geist und Körper ausreichend gereift war, durfte er diese Aufgabe beginnen. Sein Chi'a würde ihn als wahren Am'churi ausweisen, als Meister der Kriegs- und Waffenkunst. Eine solche Waffe war nahezu

unzerbrechlich, ihre fast sichelförmige, armlange Stahlklinge gehärtet in Am'churs göttlicher Flamme. Sie spaltete selbst Felsbrocken und war doch so leicht, dass man nicht im Kampf ermüdete. Verlor ein Am'churi sein Chi'a, war dies fast so schmerzhaft wie der Verlust seiner Waffenhand. Er konnte sich ein neues schmieden, doch es würde wieder zwei Jahre dauern, bis er sich als wahrer Krieger fühlen durfte.

Ruhelos streifte Jivvin durch seine Kammer. Die Adepten durften ein Zimmer für sich allein beanspruchen, im Gegensatz zu den Novizen, die sich noch zu dritt oder zu viert einen Raum teilten. Diese Räume waren nicht allzu groß, erst als Meister erhielten sie den Platz, sich vollkommen frei zu entfalten, aber es genügte, um sich zurückzuziehen und ungestört studieren oder Kampfschritte üben zu können.
Nichts davon wollte Jivvin heute gelingen. Die Buchstaben auf den Schriftrollen tanzten vor seinen Augen, er wollte nicht lesen. Für Meditation oder Kampfübungen fehlte ihm die Konzentration. Immer wieder sah er die Angst in den Augen seines Feindes und den Triumph auf Pérenns und Kamurs Gesichtern. Jivvin sorgte sich nicht um Ni'yo, mehr darum, was er mit den beiden jungen Kriegern anfangen würde, sollten die ihm tatsächlich einen Streich gespielt haben. Die zwei waren ihm so hoffnungslos unterlegen, in jeglicher Hinsicht …
Obwohl, Pérenn zumindest besaß eine Fertigkeit, mit der er selbst die Großmeister ausstach. Niemand war so findig wie er, was den Umgang mit Giften betraf. Sowohl der Gebrauch von gewöhnlicher Medizin als auch die Entwicklung neuer Tötungsarten war seine Spezialität. Er schien regelrecht zu riechen, wie viel Wirkstoff in Pflanzen und Mineralien vorhanden war, und fertigte mit unglaublicher Präzision Schlaf- und Waffengifte an, Tinkturen, die heilten, töteten, Schmerzen

verursachten … Es war nicht der Weg der Am'churi, zu solchen Mitteln zu greifen, dennoch mussten sie in der Lage sein, Gifte zu erkennen wie auch herzustellen, Antidote zu entwickeln, im schlimmsten Fall die Auswirkungen zu behandeln und dadurch den nahenden Tod zu verhindern.
Wenn Pérenn nun …?
Seufzend wandte sich Jivvin zur Tür. Er würde ja doch keine Ruhe finden, bevor er nicht nachgesehen hatte!
Auf dem Gang war alles still. Man hörte zwar Geräusche aus einigen Zimmern. Manche hatten sich zu zweit oder mehreren zusammengesetzt und unterhielten sich leise, andere waren mit Waffenübungen beschäftigt; doch nichts davon klang verdächtig, und niemand sonst hielt sich außerhalb seines Raumes auf. Hier im Haus der Adepten gab es keine Kontrollen. Die Meister hielten sie für fähig, selbst zu entscheiden, wann der richtige Zeitpunkt zum Schlafen gekommen war. Wer die ganze Nacht mit Lernen oder Feiern verbrachte, musste die Konsequenzen am Morgen ertragen. Streitigkeiten regelten die jungen Männer unter sich, es kam selten vor, dass sie die Hilfe eines Meisters benötigten.
Lautlos schritt Jivvin durch die Gänge, bis er die nebeneinanderliegenden Zimmer von Pérenn und Kamur erreichte. Die beiden waren gleichzeitig in den Tempel gekommen und seither unzertrennliche Freunde. Er hörte ihre Stimmen, sie saßen in Pérenns Zimmer zusammen. Es klang, als würden sie eine Partie Hoga spielen: Ein Geschicklichkeitsspiel mit Holzstäbchen und Plättchen, das eine ruhige Hand erforderte. Würden sie etwas so Harmloses beginnen, wenn sie gerade einen tödlichen Anschlag auf einen Waffenbruder verübt hatten, egal, wie verhasst der war? Wohl kaum!

Trotzdem schlich Jivvin weiter, bis er vor Ni'yos Zimmer stand. Es befand sich ein wenig abseits von den anderen, getrennt durch den gemeinschaftlichen Waschraum.
Kein Laut war zu hören, durch den Spalt am Boden fiel kein Licht. Ob Ni'yo schon schlief? Eigentlich hatte Jivvin vorgehabt, zu klopfen und nach einem Buch zu fragen, von dem er wusste, dass der Junge es sich von Leruam geliehen hatte. Er zögerte. Wenn er Ni'yo aus dem Schlaf riss, konnte das böse Folgen haben …
Noch einmal presste er das Ohr gegen die Tür, lauschte mit aller Macht; dann wandte er sich um und ging zurück in sein Zimmer.
Vielleicht wäre es nicht falsch, ebenfalls früh schlafen zu gehen? *Sicherlich habe ich die letzten Tage zu viel gelernt und sehe jetzt schon Gespenster!*

~*~

Es herrschte tiefe Nacht. Jivvin schreckte hoch, ohne zu wissen warum. Er hatte keinen Alptraum gehabt, nichts war zu hören. Und dennoch hatte irgendetwas ihn geweckt. Er versuchte gar nicht erst, sich wieder hinzulegen und weiterzuschlafen, es würde ja doch nichts nutzen. Müde rollte er sich von seinem Schlaflager, schlich wieder in den Gang. Alles war still, die anderen schliefen längst, und wenn überhaupt, dann war nur gelegentliches Schnarchen zu hören.
Beinahe wäre Jivvin den beiden in die Arme gelaufen: Erst im allerletzten Moment spürte er, dass sich vor ihm zwei Krieger in den Schatten bewegten, genauso wie er selbst darauf bedacht, kein Geräusch zu verursachen. Rasch legte er sich flach auf den Bauch, verbarg sein Gesicht in der Armbeuge und verschmolz so gut es ging mit der Dunkelheit.

Pérenn und Kamur. Sie schlichen lautlos zu ihren Zimmern, ahnten nicht, dass sie verfolgt wurden – Jivvin hielt sich dicht an ihren Fersen. Vor ihren Türen blieben die beiden stehen, und hier wurde Jivvins Geschick und Beharrlichkeit belohnt, denn sie flüsterten noch kurz miteinander.

„Kümmerst du dich morgen früh darum?", wisperte Pérenn.

„Natürlich, in der Dämmerung, wie immer."

Wie immer? Am'chur, was machen die zwei bloß?

„Meinst du, wir sind zu weit gegangen?" Kamurs Stimme klang unsicher.

„Nein, warum auch? Alles ist so wie sonst auch, du wirst sehen!"

Damit trennten sie sich und verschwanden in ihren Räumen.

Mit ungutem Gefühl schlich Jivvin weiter. Was immer hier vor sich ging, es konnte nichts Gutes bedeuten!

Vor Ni'yos Zimmer verharrte er wieder. Es gab keinen echten Grund, sich hineinzuwagen. Wenn Ni'yo friedlich schlief, wäre es Dummheit, sich ihm zu nähern. Wenn Pérenn und Kamur es irgendwie geschafft hatten, ihm etwas anzutun, sollte Jivvin sie eigentlich beglückwünschen. Dennoch drängte es ihn, sich zu vergewissern.

Na los! Ganz kurz den Kopf reinstecken und lauschen. Wenn er schläft, alles gut. Wenn er verletzt ist – na, das sehen wir dann. Wenn er aufwachen sollte … sag ich einfach, ich würde ihn zu einem Mitternachtsduell fordern wollen. Es kann gar nichts geschehen!

Trotzdem, es war nicht zu leugnen: Er hatte Angst vor Ni'yo.

Du willst ein Am'churi sein, stell dich der Angst! Vorwärts!

Entschlossen drückte Jivvin die Tür auf, ohne das leiseste Geräusch zu verursachen. Saurer Gestank nach Erbrochenem schlug ihm entgegen. Hastig bedeckte er seine Nase mit der Hand, atmete nur noch flach durch den Mund, während er sich weiter in das Zimmer hinein schlich. Durch das halb offene Fenster fiel ein wenig Mondlicht auf das Bett – es war leer, offenbar ungenutzt. Alarmiert blickte Jivvin sich um, erstarrte, als er einen dumpfen Laut hörte.

Dort, hinter dem Bett, lag eine unförmige Gestalt auf dem Boden. Jivvin brauchte einen langen Moment, um in dem dämmrigen Licht zu erkennen, was er da wirklich sah: Ni'yo war auf höchst grausame Weise verschnürt worden. Er lag auf dem Bauch, die Hände auf den Rücken gebunden. Seine Beine waren gefesselt und so nach vorne gezogen worden, dass seine bloßen Füße auf seinen nach oben gezwungenen Schultern ruhten. Ein Seidentuch um seine Kehle verband sowohl Hand- als auch Fußgelenke. Sein Körper bildete ein perfektes Rad. Sobald er sich bewegte, auch nur mit dem kleinen Finger zuckte, drohte er sich unweigerlich zu erwürgen. Ein Wunder, wie er in dieser Stellung überhaupt atmen konnte …

Fassungslos kniete Jivvin neben seinem Feind nieder. Sicher war er an seinem Erbrochenen erstickt! Er wagte es kaum, wollte eigentlich nicht wissen, ob Ni'yo wirklich tot war. Aber schließlich berührte er doch die bloße Brust des Jungen. Rasender, flatternder Herzschlag unter seinen Fingern. Er lebte! Ruckartige, viel zu kurze Atemstöße, die er zuvor in seiner Kopflosigkeit nicht gehört hatte, bewiesen den Kampf gegen das Unvermeidliche. Da fuhr plötzlich ein Krampf durch den verdrehten Körper, schüttelte ihn gnadenlos durch. Ni'yo stöhnte leise, röchelte gurgelnd. Sofort hielt Jivvin sein Messer in der Hand, setzte es an – und zögerte.

Das hier war Ni'yo, sein Todfeind. Widersinnig, ihm zu helfen…

Wenn du morgen früh noch mit dir selbst leben können willst, rette ihn! Ehrenkampf ist das eine, ein wehrloses Opfer an

seiner eigenen Kotze, in unerträglichen Schmerzen krepieren zu lassen das andere!
Trotzdem zögerte er noch einen Augenblick länger. Er brauchte eine Möglichkeit, die Fesseln zu durchtrennen, ohne weitere Qualen, vielleicht auch Verletzungen zu verursachen. Schließlich schlang er den linken Arm um Ni'yos Oberkörper, ignorierte das klebrige Erbrochene und umfasste mit der linken Hand die Fußfessel. Auf diese Weise stützte er Ni'yo ab, verhinderte, dass er sich durch einen unkontrollierten Ruck die Wirbelsäule brechen konnte. Mit der Rechten durchtrennte er das Tuch, das bereits tief in die Kehle des Jungen einschnitt. Ganz langsam senkte er Ni'yos Kopf, drehte ihn dabei auf die Seite, ließ gleichzeitig vorsichtig die Beine nach unten, bis der Junge schließlich ausgestreckt auf den Steinfliesen lag. Er hustete und würgte, schnappte dazwischen hilflos nach Luft wie ein Ertrinkender. Aufgewühlt legte Jivvin eine Hand auf Ni'yos Rücken, um die Armfesseln zu durchtrennen – und fuhr zurück. Gerade noch konnte er einen Aufschrei unterdrücken: Nadeln steckten in seinen Fingern und der Handfläche, sicherlich zwanzig Stück. Feine, extrem spitze Holznadeln. Innerlich fluchend zog er sie heraus, sprang dann auf, versuchte, sich in dem fremden, düsteren Raum zu orientieren, bis er auf dem Tisch unter dem Fenster eine Kerze fand sowie eine Schale mit Glühsteinen und Stäbchen. Rasch schaffte er sich damit das dringend benötigte Licht und eilte zurück an Ni'yos Seite. Der Junge hatte sich nicht bewegt, noch immer kämpfte er röchelnd darum, wieder frei atmen zu können. Jivvin achtete nicht darauf, er starrte wie gebannt auf das, was sich im Kerzenlicht offenbarte: Ni'yos gesamter Rücken war mit unzähligen feinen Nadeln gespickt, bis hinab zum Bund der Stoffhose. Jivvin hoffte einfach, dass Pérenn und Kamur diese Grenze gewahrt hatten und betrachtete die bloßen Arme des Jungen. Sie waren

rot geschwollen, als wäre eine Armee von Moskitos über sie hergefallen. Er brauchte Ni'yo nicht umzudrehen, um zu wissen, wie Brust und Bauch aussehen würden. Was hatte es nur mit diesen Nadeln auf sich? Sie waren scharf geschliffen, sicherlich das Werk von Kamur, der geschickte Finger und sehr viel Geduld besaß. Jivvin sah eine einzelne Nadel auf dem Boden liegen und hob sie auf. Die Spitze schimmerte feucht, aber nicht von Blut.

Auch er bereits ahnte, was auf ihn zukommen würde, musste er es einfach genau wissen. Er rollte sich den linken Ärmel hoch und stach beherzt zu.

Die Wirkung folgte augenblicklich, und so heftig, dass es ihm die Tränen in die Augen trieb, obwohl er sich doch innerlich gewappnet hatte: entsetzliches Brennen, kribbelnder Schmerz, der sich schnell um die Einstichstelle herum ausbreitete. Er riss die Nadel heraus, krümmte sich keuchend über seinen Arm, der in Flammen zu stehen schien, presste ihn an sich, bis die Qual endlich ganz langsam verebbte. Eine einzige Nadel reichte – wie konnten diese Bastarde hunderte davon in ein lebendiges Wesen stecken? Jivvin hätte nie geglaubt, dass er irgendjemanden mehr hassen könnte als Ni'yo, aber im Moment hätte er Pérenn und Kamur am liebsten das Herz aus Leib gerissen und es ihnen in den Mund gestopft!

Sobald er sich gefangen hatte, zog er die fürchterlichen Nadeln aus Ni'yos Rücken, schlich sich dann in den Waschraum und holte zwei große Schalen voll Wasser, sowie mehrere Tücher. Er musste das nicht tun, das war ihm klar. Ni'yo würde diese Nacht jetzt mit Sicherheit überleben. Ein wenig Sorge bereitete ihm der Gedanke, was Kamur tun würde, wenn er den Jungen von seinen Fesseln befreit vorfand, aber das war eigentlich schon nicht mehr seine Angelegenheit. Während er langsam den Boden wischte, die beiden Fenster weit aufstieß, um frische

Luft hereinzulassen, dachte Jivvin intensiv darüber nach, warum er sich diese Mühe machte. Als er mit dem Raum fertig war, kniete er sich unschlüssig neben Ni'yo, betrachtete die erbärmlich zitternde, krampfende, nach Luft ringende Gestalt. Wie dünn er war! Alle Knochen staken hervor, obwohl die Haut so angeschwollen war. Wenn er Pérenn richtig verstanden hatte, war dies nicht der erste Angriff. Kein Wunder also, das Ni'yo so dürr aussah, wahrscheinlich aß und trank er nur noch, um sich am Leben zu halten, wenn er ständig damit rechnen musste, vergiftet zu werden. Verwunderlich war eher, dass niemand bemerkt hatte, was vor sich ging. Die Wunden konnte man vielleicht unter weiten Gewändern verstecken, aber wie viel Kraft gehörte dazu, die Schmerzen nicht zu zeigen? Die Erschöpfung nach durchwachter, von Folter und Angst beherrschter Nacht zu verbergen? Sich nicht anmerken zu lassen, dass man an einem gedeckten Tisch verhungern musste?
Warum hatte er selbst, Jivvin, nichts bemerkt? Er beobachtete Ni'yo doch schon seit Jahren, kämpfte fast täglich gegen ihn!
Aber seit Monaten will er nur noch mit den Stöcken kämpfen statt waffenlos zu ringen …
Behutsam wusch Jivvin über Ni'yos Rücken. Feind oder nicht, im Augenblick war dies die bemitleidenswerteste Kreatur unter der Sonne.
Das kalte Wasser schien zu helfen, die Schwellungen ließen etwas nach. Zumindest bildete er sich das ein. Vorsichtig drehte er Ni'yo um. Für gewöhnlich hasste er es, in dieses bleiche, abstoßende Rattengesicht zu blicken, deshalb konzentrierte er sich absichtlich auf den schmalen Oberkörper, wusch Erbrochenes und kalten Schweiß fort, versuchte, alle Einstichstellen zu finden, bis nur noch Hals und Gesicht fehlten. Dann holte er frisches Wasser, ließ sich viel Zeit dabei.

Erst, als es nicht mehr anders ging, überwand er sich, Ni'yo anzusehen.
Dunkle Augen fixierten ihn, von unsagbarer Qual erfüllt. Jivvin zuckte zusammen. Er hatte nicht damit gerechnet, dass Ni'yo wach werden könnte. Besser wäre es gewesen, diese Ratte hätte nie davon erfahren, wer ihm beigestanden hatte! – Aber nun war es nicht mehr zu ändern. Innerlich seufzend tauchte er das Tuch ins Wasser und starrte dann in das schmale, in Schmerz erstarrte Gesicht. Es kostete ihn viel Überwindung, Ni'yo überhaupt zu berühren, jetzt wo er wusste, dass sein Feind ihn wahrnahm. Doch er stellte sich verbissen dieser Herausforderung, wusch über Ni'yos Stirn und Wangen. Seltsam, er wirkte gar nicht abstoßend. Nur jung, viel zu jung für so viel Leid.
„Kannst du mich hören?", sprach er leise. Ni'yo senkte die Augenlider, rührte sich ansonsten nicht.
„Bist du gelähmt?"
Wieder ein Senken der Lider. Wenn er diese Kontrolle bereits wieder besaß, müsste das Gift bald aufhören zu wirken. Jivvin beschloss, einfach weiterzumachen. Er kühlte die zerstochene Haut des Jungen, hielt dabei dessen Blick stand. Nach einer Weile begannen Ni'yos Wangenmuskeln und Lippen zu zittern, die Qual in den weit aufgerissenen Augen vervielfachte sich.
„Es tut weh", presste Ni'yo kaum hörbar hervor.
Zaghaft, mit dem Gefühl, einen Fehler zu begehen, lehnte sich Jivvin an das Bett hinter ihm, zog seinen Feind mit dem Rücken zu sich heran, drückte Ni'yos Kopf an seine Schulter und umfasste die schlaffen, weiterhin gelähmten Hände, in der Hoffnung, damit Trost zu schenken. Es kostete ihn viel Kraft, seinen Widerwillen gegen diese Nähe zu unterdrücken, alles zu unterlassen, was Ni'yo noch mehr Schmerz zugefügt hätte. Die

Versuchung, ihm die Arme zu brechen, wehrlos wie der Junge gerade war, ihn dadurch auf Wochen kampfunfähig zu machen, fraß ihn beinahe auf.

Denk an deine Ehre. Ein Am'churi vergreift sich nicht an den Hilflosen, ob Feind oder nicht. Denk an deine Ehre!

Lange Zeit verharrten sie so, während die Lähmung immer weiter wich. Jivvin suchte nach Worten, mit denen er den Verletzten ablenken könnte, und fand kein einziges. Irgendwann bäumte sich Ni'yo in seinen Armen auf, klammerte sich mit so viel Verzweiflung an Jivvins Hände, dass er fürchtete, seine Finger könnten zersplittern. All dies geschah in Stille, nur unterbrochen von hastigen Atemzügen. Ni'yo schrie nicht, stöhnte nicht einmal mehr, kämpfte einfach nur still, bis er schließlich zurücksank. Jivvin ließ ihn los und lehnte sich gegen das Bett zurück. Noch nie war er von so vielen widerstreitenden Emotionen aufgewühlt worden. Alles schien Kopf zu stehen. Pérenn und Kamur gehörten nicht zu seinen Freunden, aber er hatte sie immer als seine Waffenbrüder angesehen, zuverlässige, gute Jungen. Bösartigkeit, Grausamkeit, das konnte er einfach nicht mit ihnen verbinden.

„Wie oft?", fragte er schließlich. „Das wievielte Mal war es?"

„Neun", wisperte Ni'yo matt. Er hatte sich abgewandt, versteckte das Gesicht unter den Armen.

„Neun Mal. Und jedes Mal haben sie dir diese Nadeln …?"

„Nein. Pérenn findet immer neue Möglichkeiten."

„Wie lange geht das denn schon so?"

„Über zwei Jahre."

Jivvin beugte sich vor, packte Ni'yos Arme und riss sie zur Seite. Der Junge war zu sehr geschwächt, um sich wehren zu können, starrte ihn nur hilflos an. Er weinte dabei stumm. Es schien allerdings mehr eine körperliche Reaktion zu sein, wie Niesen oder Gähnen, als wirkliche Tränen.

„Du lässt dich seit zwei Jahren foltern und vergiften? Leidest jedes Mal hier einsam vor dich hin, bis dein Körper damit fertig geworden ist?", zischte Jivvin fassungslos. „Warum bittest du nicht um Hilfe? Ist es dir peinlich, dass der große Krieger eben doch nicht unbesiegbar zu sein scheint?"
„Lass mich los!", flüsterte Ni'yo und drehte sich weg, so weit er konnte. Es war eher Flehen als Befehl. „Du verstehst das nicht."
„Nein, ich kann das wirklich nicht verstehen! Macht es Spaß, solche Schmerzen zu leiden? Bist du stolz darauf, keine Hilfe zu brauchen? Warum klagst du die beiden Bastarde nicht an?" Jivvin merkte, dass er in seiner Wut laut wurde. Das fehlte noch, dass jemand ihn hörte und hier fand!
„Leruam weiß es. Ich bin zu ihm gegangen, nach dem ersten Mal. Es waren nicht nur Pérenn und Kamur, sondern noch andere. Sie hatten mich abgepasst, nachdem ich für Großmeister Tamu eine Besorgung im Dorf erledigt hatte und gerade zurückkam. Ganz allein, niemand in der Nähe … da sind sie auf mich los."
„Du bist besser als jeder Adept hier."
„Aber nicht gut genug gegen sieben von ihnen", murmelte Ni'yo. „Sie haben mich zusammengeschlagen, bis ich mich nicht mehr rührte, und dann einfach liegen gelassen. Ich ging zu Leruam, klagte sie an. Er sah, dass ich nicht log. Seine Worte dazu waren: Wenn du zu langsam bist, schimpfe nicht über jene, die schneller sind, sondern streng dich mehr an. Wenn du zu schwach bist, stähle deinen Körper. Wenn deine Feinde zu zahlreich sind, werde besser als sie alle."
„Sie wurden nicht bestraft?" Ungläubig schüttelte Jivvin den Kopf. Erst vor einigen Monaten war ein Adept hart gerichtet worden, weil er hinterrücks einen Kameraden angegriffen hatte. Der war dabei noch nicht einmal verletzt worden, es ging allein um die ehrlose Absicht. Wenn sieben Adepten einen einzelnen,

wesentlich Jüngeren angriffen und schwer verletzt liegen ließen, dazu noch außerhalb des Schutzes, den der Tempel bot …

„Nein. Ich wurde bestraft, ich musste vier Wochen lang zusätzlichen Arbeitsdienst leisten, weil ich meine Waffenbrüder verraten habe.“ Ni'yo biss sich auf die Lippen und drehte wieder den Kopf zu Seite.

„Ich kann das nicht glauben!“

„Dann lass es.“

„Ni'yo, ich bitte dich! Niemand bestraft ein Opfer dafür, dass es fast umgebracht wurde.“

„Ich lüge nicht!“, fauchte der Junge, viel zu laut. Hastig legte Jivvin ihm eine Hand auf den Mund. Die Angst, die für den Bruchteil eines Augenblicks in Ni'yos Augen aufflackerte, traf ihn tief.

„Nicht so laut! Wenn mich jemand hier findet, in dem Zustand, in dem du bist …“

„… wird dich jeder beglückwünschen, Jivvin. Sei unbesorgt, die einzige Gefahr würde von Pérenn und Kamur drohen, die sicherlich wütend wären, dass sich jemand mit ihrem Erfolg schmückt.“

Verblüfft wich Jivvin von ihm zurück. Nicht einmal die Tatsache, dass Ni'yo wohl Recht hatte, verwirrte ihn, es war mehr der Tonfall, in dem der Junge sprach. Nicht verbittert, oder zornig, eher so, als würde er eine allgemein bekannte Weisheit erklären müssen und sich darüber wundern.

„Warum bist du hier, Jivvin?“, fragte er plötzlich. „Wenn du doch fürchtest, für etwas angeklagt zu werden, was du nicht getan hast, warum bist du hier? Warum hilfst du mir, statt die gute Gelegenheit zu nutzen, deinen Hass auszuleben?“

Er schien tatsächlich interessiert zu sein. Etwas an der gesamten Situation war so unwirklich, so unnatürlich, dass Jivvin sich ernstlich fragte, ob er gerade träumte.

„Ich wollte verhindern, dass du stirbst“, erwiderte er langsam. „Wenn du eines Tages getötet wirst, dann durch meine Hand. Ich gewinne nichts, wenn du durch die Grausamkeit anderer umkommst. Außerdem finde ich das hier … unehrenhaft. Was die beiden da treiben, ist widerwärtig, eines Am'churi unwürdig. Verdammt, wenn sie dich einfach normal angegriffen und besiegt hätten, wäre ich der erste, der ihnen gratulieren würde. Wie können sie es wagen, zu solchen Mitteln zu greifen? Spaß an so etwas zu haben?“
„Es ist meine Schuld“, flüsterte Ni'yo. „Ich rufe das Böse in den Menschen wach, sie können nichts dafür. Ich muss einfach lernen, schneller, stärker und besser zu werden. Giften auszuweichen, Gefahren und Fallen zu erkennen, noch bevor sie gelegt wurden.“
„Wer sagt, dass es deine Schuld ist?“, schnaubte Jivvin verächtlich.
„Am'chur.“
Einen Moment lang starrten sie einander an. Dann rollte Ni'yo sich mühsam auf die Seite.
„Lass mich, Jivvin. Ich stehe in deiner Schuld, zögere nicht, mich daran zu erinnern. Lass mich jetzt. Kamur wird bald kommen und nach mir sehen. Was dann geschieht, geht dich nichts an.“
Langsam stand Jivvin auf, von unzähligen Fragen gequält, auf die es einfach keine Antwort gab. Die Einsamkeit dieses vierzehnjährigen, halbverhungerten Kindes drückte ihn nieder. Er war vollkommen allein, umgeben von Feinden, die ihn verletzen, foltern, vergiften und töten wollten. Feinde, die seine Brüder und Lehrer sein sollten. Niemand beschützte ihn, nicht einmal sein eigener Gott. Und er, Jivvin, der als der schlimmste Feind dieses Jungen galt, war der einzige, der darin einen Fehler sah.

Am'chur, wie kannst du das zulassen? Das ist ehrlos, selbst wenn man es einer solchen Ratte antut!
Als er wieder in seinem eigenen Zimmer stand, wusste er nicht mehr, was er noch glauben sollte.
„Plagen dich solche Zweifel, Jivvin?“
Er fuhr herum, obwohl er bereits wusste, wer ihn angesprochen hatte.

3.

Eine schlanke Gestalt erhob sich von seinem Bett und schritt auf ihn zu. Jivvin war zu verwirrt, um sich noch darüber zu wundern, warum Leruam hier in der Dunkelheit saß und offensichtlich auf ihn wartete.
„Meister, ich …"
„Warte, ein wenig Licht wird nicht schaden, was meinst du?"
Jivvin ließ sich auf eines der Sitzkissen fallen und wartete, bis Leruam zwei Kerzen entzündet und sich zu ihm gesetzt hatte.
„Ich weiß, was du heute Nacht getan hast, Jivvin, was du gesehen und gehört hast. Du brauchst Weisung, um all dies verstehen zu können."
„Ihr – Ihr wisst, dass er vergiftet und beinahe umgebracht wurde?", stammelte Jivvin entsetzt. Ein Schatten legte sich über das sonst so friedliche, gelassene Gesicht des alten Meisters.
„Ja, Jivvin, ich weiß es. Ich wusste es, bevor es geschah. Ähnlich wie du habe ich beobachtet, wie Ni'yo das Gift trank. Eigentlich hat er in den letzten Monaten große Fortschritte darin gemacht, solche Fallen im Voraus zu erahnen, und trägt auch immer verschiedene Antidote bei sich. Ich habe ihn gelehrt, den Geruch von fast allen giftigen Pflanzen und Mineralien unterscheiden zu können. Diese Falle war allerdings besonders raffiniert. Pérenn hat einen Novizen angestiftet, eine ganz bestimmte Tasse an Ni'yo auszugeben – das Gift befand sich an den Innenwänden, nicht im Tee selbst. Selbstverständlich haben die beiden darauf geachtet, erst nach ihm in den Speisesaal zu kommen, damit er sich wirklich sicher war, in Frieden essen zu können."
„Und er konnte kein Gegengift mehr nehmen?"

„Nein. Er wusste wahrscheinlich sofort, dass er dafür kein passendes Mittel zur Hand hatte, er zeigt seine Niederlage gewöhnlich nicht so deutlich.“ Leruam nickte ihm lächelnd zu.
„Ich habe beobachtet, wie du die Täter erkannt und nacheinander die richtigen Schlüsse gezogen hast, Jivvin, ich bin sehr zufrieden!“
„Meister, es ist doch kein Spiel!“, begehrte er auf, doch der Tempelvorsteher brachte ihn mit einer knappen Geste zum Schweigen.
„Nein. Wenn es ein Spiel wäre, hätte ich es bereits vor Jahren beendet. Es ist tödlicher Ernst, für Ni'yo und uns alle.“
Für einen Moment lang wirkte der Meister so uralt, wie er es tatsächlich war. Dann lächelte er wieder, und der Eindruck von Schwäche verschwand, als hätte es ihn nie gegeben.
„Weißt du, wie die Götter ihre sterblichen Diener auswählen?“, fragte er. Jivvin schüttelte den Kopf.
„Sie beobachten uns, von Geburt an. Jene, die besondere Fähigkeiten haben – seien sie angeboren oder später erworben – beobachten sie besonders scharf. Sie geben uns diese Fähigkeiten nicht mit ins Leben. Es ist Zufall, sowie das Erbe unserer Vorfahren, wenn wir stark, klug oder geschickt sind, ein Talent für Malerei oder eine Vorliebe für Schmetterlinge haben. Im Laufe der Kindheit und Jugend formt uns das Leben. Ein Sohn von Holzfällern wird stark werden und viel über den Wald lernen. Wenn er dazu mit Schnelligkeit, scharfem Verstand und geschickten Händen geboren wurde, wird sich neben Am'chur auch Muria, die Jagdgöttin, für ihn interessieren. Wenn er eine flinke Zunge hat und Menschen überzeugen kann, mutig und listig ist, mag sich Balur, der Gott der Händler, für ihn begeistern.
All dies entwickelt sich im Laufe der Zeit. Verstehst du?“
„Natürlich, Meister. Aber was hat das mit Ni'yo zu tun?“

„Nun, manchmal werden Kinder geboren, die ganz besonders reich mit vielfältigen Talenten und Fähigkeiten gesegnet sind, oder aber ein Talent so stark ausgeprägt haben, dass es sich von jung an zeigt. Wenn es eindeutig ist – beispielsweise ein unfehlbares Gedächtnis, gemeinsam mit Interesse für Zahlen und Formen – wird nichts Schlimmes geschehen. Ein solches Kind kann früh von Dimata, der Göttin des Wissens, berührt werden, wodurch sich all seine Talente noch stärker entwickeln, und seinen Lebensweg unter ihrer Führung beschreiten.
Manchmal aber sind diese Fähigkeiten von der Art, wie sie für viele Götter reizvoll sind: Mut, Kraft, Schnelligkeit und Geschick, das spricht nicht nur Muria und Am'chur an, sondern auch Balur, die Nauriten, Kalesh … für gewöhnlich warten die Götter dann mehrere Jahre, bis sich eindeutig zeigt, in wessen Hände das Kind gehört. In ganz seltenen Fällen aber …"
Er seufzte wieder.
„Ni'yo war von Geburt an eine Ausnahme in jeder Hinsicht. Überreich gesegnet mit Talenten, mehr als ein einzelner Sterblicher braucht: Schnelligkeit, Kraft, Intelligenz und vieles mehr. Muria legte ihren Anspruch nieder, als Ni'yos Schwester geboren wurde, ähnlich reich begabt. Da Am'chur keine Mädchen wählt, war der Zornige zufrieden damit, sie Muria zu überlassen. Aber zu viele Götter griffen nach dem Jungen, und Am'chur blieb nichts übrig, als ihn schon sehr früh zu berühren, um ihn zu beschützen. Ni'yo war noch ein Kleinkind, aber bereits vom Kriegsgott gesegnet. Darum kam er so jung in den Tempel. Er wäre sonst im Streit der Göttlichen getötet worden."
„Meister, warum hat Ni'yo gesagt, es wäre seine eigene Schuld, dass alle ihn hassen? Dass er das Böse in den Menschen weckt?", fragte Jivvin leise.

„Du hasst ihn seit dem Tag, an dem du ihn das erste Mal gesehen hast, nicht wahr?“
Unbehaglich nickte er.
„Hat Ni'yo dir jemals etwas getan? War er bösartig zu dir, hat er etwas zerstört, was dir teuer war? Dich aus dem Hinterhalt verletzt?“
„Nein. Nicht mich, aber meine Freunde. Zumindest, als er noch jünger war und sich so häufig unbeherrscht verwandelt hat.“
„Trotzdem hasst du ihn, wie nahezu jeder hier.“
Leruam stand auf und füllte einen Becher mit Wasser aus dem Krug, den Jivvin neben seinem Bett stehen hatte.
„Dies ist gewöhnliches Wasser, nicht wahr? Du trinkst es, wenn du durstig bist, es erfrischt dich, schenkt dir Leben. Gibt es einen Grund, dieses Wasser zu hassen?“
„Nein, Meister.“ Verständnislos starrte Jivvin den Becher an. „Zumindest nicht, wenn es frisch und frei von Gift ist.“
„So ist es. Nun denk dir einen Fluss. Er fließt von den Bergen hinab zum Meer, bietet unzähligen Tieren Leben und Wohnraum, tränkt Felder und Auen, Wald und Flur. Im Frühjahr, während der Schneeschmelze, mag er über seine Ufer treten und Bäume entwurzeln, Dörfer überschwemmen, Leben stehlen statt zu erhalten.
Auch das ist Wasser. Gibt es Grund, dieses Wasser zu hassen?“
„Nein, Meister. Man muss ihn lieben, diesen Fluss, und vielleicht fürchten, wenn er zu mächtig wird. Man kann ihn dämmen, dann ist die Gefahr kleiner.“
„So ist es. Nun denke dich ans Meer. Es sammelt die Macht unzähliger Flüsse und nimmt sie in sich auf. Es trägt Leben in sich, schenkt freigiebig, nimmt gnadenlos. Es nährt Mensch und Tier, aber zerstört von Zeit zu Zeit, was diese aufbauen.
Auch das ist Wasser. Gibt es Grund, dieses Wasser zu hassen?“

„Nein, Meister. Man muss sich sehr in Acht nehmen, das Meer ist gefährlich. Aber es gibt so viel, mehr als es nimmt, dass man es trotzdem lieben muss. Furcht und Respekt, vielleicht Verzweiflung, wenn es zu zornig wird, ja. Aber für Hass gibt es keinen Grund.“
„So ist es. Und nun denke dir eine Sturmflut. Sie kommt ohne Vorwarnung und nimmt alles, tötet wahllos, ohne jemals genutzt zu haben, und was zurückbleibt, sind Tod und Vernichtung.
Auch das ist Wasser. Gibt es Grund, dieses Wasser zu hassen?“
Jivvin zögerte. „Vielleicht. Es ist ja nicht nur Wasser, sondern auch der Wind dabei … Man mag es hassen, oder voller Angst vor ihm fliehen.“
Leruam nickte zustimmend.
„Nun stell dir vor, dass ein gewöhnlicher Mensch diesem Becher mit Wasser entspricht, ein begabter Mensch dem Fluss und ein Am'churi – oder ein von einem anderen Gott Erwählter – dem Meer. Auch Ni'yo ist wie das Meer. Aber in ihm lauert die Sturmflut, die Macht, alles zu vernichten. Was du und jeder andere an diesem Jungen hasst, ist nicht das, was er tut. Sondern die Macht zur Vernichtung, die du in ihm spürst. Die Sturmflut, die entfesselt werden könnte. Er nutzt diese Macht nicht, fürchtet sie selbst, dennoch ist sie da. Woher diese Macht rührt, kann ich dir nicht sagen, Jivvin. Tatsache ist: Wir Am'churi, die wir stark genug sind, gegen ihn standzuhalten, fürchten und hassen ihn. Wir hassen, was er werden könnte, und das lockt tatsächlich die finstersten Seiten in uns heraus, weckt das Böse, unsere eigene Fähigkeit zu grausamer, gnadenloser Zerstörung. Jeder gewöhnliche Mensch fürchtet ihn und wird versuchen, vor ihm zu fliehen. Er ist kein böser Mensch, er ist einfach nur zu mächtig.“
Nachdenklich lehnte Jivvin sich zurück.

„Kann man diesen Hass überwinden, Meister?“
„Heute Nacht hast du es getan, mein Junge. Du hast deinen Hass wie auch deine Angst überwunden und nicht die tödliche Macht in Ni'yo gesehen, sondern den Mensch, der er ist. Ein einsames, gequältes Kind, das dringend Hilfe brauchte, und sei es von seinem schlimmsten Feind.“
„Und morgen? Wenn er keine Hilfe mehr braucht, was wird dann sein?“
„Das entscheidest du, Jivvin. Wenn ich dir einen Rat geben darf: Hasse ihn weiter. Er wird dich zurückweisen, wenn du ihm freundlich gegenüber trittst. Ni'yo erlaubt keine Nähe, von niemandem. Er fürchtet uns alle, misstraut uns. Ni'yo ist kein normaler Am'churi und wird es wohl niemals werden.“
Verzweifelt schüttelte Jivvin den Kopf.
„Meister, gibt es keinen anderen Weg? Muss ich mich denn sehnen, einen Jungen zu töten, nur, weil er mächtiger ist als ich? Ihr seid doch auch mächtiger, viel, viel mächtiger als ich, aber Euch würde ich niemals hassen!“
„Meine Macht ist soviel geringer als Ni'yos. Sie ist nicht vernichtend, obwohl sie es selbstverständlich sein könnte. Suche nicht das leidende Kind in ihm! Hasse ihn, bekämpfe ihn! Du selbst bist überreich gesegnet mit Talenten. Du bist der einzige Mensch, der genug Kraft in sich besitzt, um es allein mit Ni'yo aufnehmen zu können. Noch bist du nicht fertig ausgebildet, doch in wenigen Jahren schon wirst du mich überflügelt haben, und jeden Großmeister dieses Tempels dazu. Auch Ni'yo wird wachsen. Schon bald werden Pérenn und Kamur ihn nicht mehr überlisten können, und sieben Adepten zugleich brauchen nicht zu hoffen, ihn überwinden zu können. Du allein kannst dies schaffen, und es ist dein Schicksal, es zu versuchen. Wachse an ihm. Lerne von ihm. Bis du stark genug geworden bist, ihn zu besiegen.“

„Es ist meine Aufgabe, ihn zu töten?“, wisperte Jivvin.
„Nein. Es soll dein Ziel sein, ihn ehrenhaft zu besiegen. Wenn er einfach nur sterben müsste, dann wäre er schon lange tot. Ihn im Schlaf abzuschlachten wäre leicht. Ihn mit Gift umzubringen ebenso. Aber das ist nicht der Weg der Am'churi. Du bist Weg der Ehre schon weit fortgeschritten. Wahre diese Ehre, sie allein unterscheidet dich vom gewissenlosen Mörder. Zweifle nicht, es gibt einen Sinn für Ni'yos Leiden. Du kannst an ihm zu einem Krieger heranwachsen, der du sonst niemals werden würdest.“
„Meister …“ Jivvin rang um Worte, doch er musste einfach aussprechen, was er dachte!
„Meister, warum wird Ni'yo so allein gelassen? Warum wird er nicht menschlich behandelt, beschützt? Getröstet, wenn er leidet, versorgt, wenn er Schmerzen hat und verletzt ist? Warum musste er dort allein liegen und einem grausamen Tod entgegensehen?“
„Er wäre nicht gestorben, Jivvin. Ich habe dich geweckt, damit du es verhinderst, und wenn du es nicht getan hättest, wäre ich selbst eingeschritten.“
„Und die anderen acht Mal? Warum wurde er zurückgewiesen, als er Hilfe suchte? Wird er dadurch nicht erst zu dem Monster gemacht, das Ihr fürchtet? Schürt das nicht Hass auf alle Menschen in ihm? Warum zeigt man ihm nicht, wie er seine Macht kontrollieren muss, damit er niemals zur vernichtenden Sturmflut wird?“
„Es gibt Gründe dafür.“ Leruam legte ihm die Hände auf die Schultern, sein Blick war so ernst und eindringlich, dass Jivvin erschauderte.
„Ni'yo lässt sich nicht helfen. Es ist nicht mein Wunsch, ihn so herzlos zu misshandeln, ihn allein zu lassen in seinem Schmerz, sich ihm, wenn überhaupt, dann nur aus Mitleid zuzuwenden

und dann sofort wieder zu fliehen. Glaube mir, es ist mir nicht gleichgültig. Wie gerne würde ich ihn beschützen, jeden niederschlagen, der ihm wehtun will. Aber das würde ihm nicht helfen, sondern nur Schaden verursachen, der nicht mehr gut zu machen ist. Ni'yo hat zu lernen, dass er ganz allein auf der Welt ist. Er ist stärker als jeder andere Mensch, aber er braucht jeden Funken seiner immensen Kraft, um überleben zu können. Am'chur riet mir dazu, den Jungen allein zu lassen, wie er es selbst wünscht. Ihn dazu anzutreiben, aus eigener Kraft zu überleben, und so wird es gehandhabt."
Langsam stand er auf.
„Ruhe dich aus, Jivvin. Der Morgen ist schon sehr nah. Wenn du Fragen oder Zweifel hast, komm zu mir, oder wende dich an Am'chur selbst. Möglicherweise kann der Gott dir besser erklären, wofür ich keine Worte finde."
„Meister?", fragte Jivvin, als Leruam die Tür erreicht hatte.
„Ni'yo sagte, er stehe in meiner Schuld. Was soll ich dafür fordern?"
Der Großmeister lächelte sanft. „Nichts, Jivvin. Der Tag wird kommen, an dem du Ni'yos Hilfe brauchen kannst, hebe dir deine Forderung dafür auf. Gewiss könntest du ihn demütigen, ihn zwingen, im Kampf gegen dich zu verlieren, aber damit würdest du nichts gewinnen, oder? Nein, warte ab, bis sich eine Gelegenheit ergibt. Eine solche Schuld darf nicht verschwendet werden."
Jivvin nickte stumm, zu erschöpft und verwirrt, um noch antworten zu können. Sein Kopf schwirrte von Zweifeln und Fragen, von zu vielen Dingen, die er nicht verstand. Vielleicht war es besser, sich der Führung seines Meisters zu überlassen … wenn es offensichtlich richtig war, Ni'yo zu hassen und töten zu wollen, wie er es seit Jahren tat, dann gab es keinen Grund, sich dagegen zu wehren. Oder doch?

Ob ich wirklich eines Tages so gut werden kann wie er? Am'chur, das wäre unglaublich! Aber vielleicht sollte ich etwas bescheidener wünschen. Wenn ich genauso gut bin wie er, wird man mich vielleicht genauso sehr hassen wie ihn, und das würde ich nicht ertragen. Ah, es würde reichen, ihn ehrenhaft besiegen zu können, selbst, wenn er eigentlich viel geschickter und schneller ist! Ich werde mich noch viel mehr anstrengen, härter kämpfen, länger üben. Ich werde dich nicht enttäuschen, Am'chur!

Zögernd trank er den Becher leer, es kam ihm falsch vor, das Wasser zu verschwenden, auch wenn es nur als erklärendes Beispiel gedient hatte.

Ist es möglich, dass sich alle irren?

Tief in ihm beharrte eine leise Stimme darauf, dass Leruams Erklärungen einfach nicht stimmig sein konnten. Wie konnte es das Beste für einen Menschen sein, ihn möglichst grausam zu misshandeln? Was für ein Unsinn!

Du weißt nicht alles. Leruam sagte doch, dass Am'chur selbst es gut heißt, was hier geschieht. Auch wenn die Großmeister sich irren – ein Gott ganz gewiss nicht! Nein, alles hat seine Richtigkeit, ob es dir gefällt oder nicht. Nimm es hin, gehorche. Hasse die kleine Ratte für das, was sie ist!

Mit diesem Gedanken legte er sich auf sein Bett, überzeugt, kein Auge zutun zu können; doch er schlief ein, kaum dass sein Kopf das Kissen berührte.

Zwölf Jahre später …

3.

Die Waffen klirrten. Schlag folgte auf Schlag, schneller, als das ungeschulte Auge folgen konnte. Die zwei jungen Meister der Am'churi standen einander im Ehrenduell gegenüber, wie schon so oft in den vergangenen Jahren. Doch obwohl es nicht weiter ungewöhnlich war, dass Ni'yo und Jivvin einander zu töten versuchten, lockte es jedes Mal sämtliche Bewohner des Tempels an. Niemand zweifelte am Ausgang des Kampfes; in dieser Hinsicht gab es keinerlei Spannung. Ni'yo war und blieb schneller und gewandter als sein Feind, schien selbst dann noch jeden Schlag zu ahnen, wenn Jivvin drei oder vier Attacken im Voraus plante. Doch zu sehen, mit welcher Eleganz sich diese beiden Krieger im tödlichen Tanz umkreisten, mit welcher vollendeten Technik sie atemberaubende Paraden wirkten, Attacken schlugen, ihre Körper Dinge vollbrachten, die jenseits menschlicher Möglichkeiten zu liegen schienen, das war ein sinnlicher Genuss für die Zuschauer. Dazu ein lehrreicher: Die Großmeister erlaubten ihren Schülern zuzuschauen, und erklärten ihnen dabei die Schrittfolgen – Warnungen mit eingeschlossen.

„Dass mir ja niemand von euch versucht, die Deckung offen zu lassen, bis er fast den Kopf abgeschlagen bekommt!", betonte Leruam eindringlich, in der Hoffnung, dass die staunenden Novizen gar nicht sehen konnten, was Jivvin da gerade gewagt hatte. Eine gute Technik. Beinahe wäre es ihm gelungen, mit seiner darauf folgenden Drehung und blitzartigem Tritt Ni'yos Schwertarm zu treffen. Damit hätte er seinen Gegner entwaffnen können und ihm vermutlich noch den Unterarm gebrochen. Doch Ni'yo hatte es irgendwie geschafft, sich rechtzeitig zu ducken, dabei fast Jivvins Schenkel mit seinem Chi'a aufzuschlitzen und gelassen in die Grundstellung zurückzukehren, bis sein Gegner wieder bereit war. Niemand sonst als diese beiden verstand es, die gekrümmte Klinge zu führen, als wäre sie tatsächlich eine Verlängerung ihres Armes, die Kralle eines Drachenkriegers.

Der Großmeister versank in Gedanken. Offensichtlich war Jivvin bei seinem letzten Ausflug gereift, obwohl er kaum einen Monat fort gewesen war. Seine Technik hatte sich immens verfeinert, er war stärker und schneller denn je. Nur ausgebildete Am'churi durften den Tempel verlassen, wenn sicher war, dass ihre Gabe – oder der Fluch – zur Wandlung nicht unkontrolliert durchbrechen würde. Es waren nicht die normalen Menschen, die es zu fürchten galt. Die größte Gefahr ging von den Schattenelfen aus. Sie selbst nannten sich die Kinder des Kalesh. Spitzohrige, grausame Wesen, listig und stark waren sie, die Erzfeinde der Am'churi, und so schön sie anzusehen waren, so gefährlich konnten sie sein. Man traf sie selten allein an, wenn sie ihre Städte tief in den Wäldern und Gebirgen Arus verließen. Was sie antrieb, woran sie glaubten, welche Ziele sie verfolgten, wussten nur sie selbst. Trafen Am'churi und Kalesh aufeinander, folgte jedoch unausweichlich der Kampf. Jivvin war nur mit knapper Not entkommen, als er ihnen auf einer Handelsstraße in die Arme lief. In letzter Zeit waren die Elfen recht unruhig, sie überfielen Handelszüge, Bauern und harmlose Reisende. Vor allem aber versuchten sie Am'churi lebendig zu fangen und zu verschleppen.
Jivvin kämpfte seit dieser Begegnung konzentrierter und verließ sich nicht nur auf seine Stärken. Der Krieger näherte sich seinem dritten Lebensjahrzehnt, war damit noch zu jung, um

zum Großmeister erhoben zu werden, obwohl er sie schon lange in sämtlichen Bereichen überflügelt hatte.
Auch Ni'yo hatte sich weiter entwickelt, und die Bestie in sich besänftigt. Es gab kaum noch jemanden im Tempel, der ihn wirklich hasste, aber viele fürchteten ihn. Für die Novizen war er eine Schreckensgestalt, beinahe eine wandelnde Legende der Finsternis. Es kam vor, dass die Jüngsten anfingen zu weinen, wenn er sie ansah, obwohl Ni'yo ihnen niemals etwas antun würde. Er hielt sich weiterhin von allen fern. Schon seit vielen Jahren aß er nicht mehr mit der Gemeinschaft, sondern holte sich seine Mahlzeiten in der Küche ab, um sie im Stillen, fern von allen anderen, einzunehmen. Wenn es viele Neuankömmlinge im Tempel gab, verzichtete er oft genug auch darauf, verließ manchmal über Wochen sein Zimmer nur nachts. Leruam hatte gezögert, ihn aus dem Tempel gehen zu lassen. Es war der Gott selbst gewesen, der schließlich verlangt hatte, den Jungen nicht länger einzusperren. Man konnte Ni'yo nicht mit Aufgaben betrauen, die Am'churs Willen dienten, es sei denn, es ging um gewaltsame Einschüchterung von Kriegsparteien, die gar keinen Wunsch zu Frieden verspürten – manchmal wurden Am'churi bezahlt, um Krieg abzuwenden oder sich einer der Parteien anzuschließen.
Der junge Mann war ein düsterer, schweigsamer Krieger geworden, der gehorchte, wann immer es von ihm verlangt war, ohne sich von Bitternis zermürben zu lassen. Dass er es geschafft hatte, bis zum heutigen Tag zu überleben und dabei sein inneres Gleichgewicht zu bewahren, trotz all der Feindseligkeit, die ihm begegnete, war sicherlich der größte Beweis seiner immensen Kraft.

Das Duell wurde mittlerweile auf dem Dach des Novizenhauses geführt, was meist bedeutete, dass es bald zu einem Ende finden würde. Dort oben mussten die beiden Kämpfer auf einem schmalen First balancieren und sie taktierten lange zwischen den einzelnen Schlagabtauschen. Nach über drei Stunden waren beide am Ende ihrer Kraft, und auch viele Zuschauer hatten sich mittlerweile wieder ihren eigenen Arbeiten und Trainingsübungen zugewandt.

„Unser Publikum ermüdet", sagte Ni'yo finster lächelnd, während er sich unter einem harten Vorstoß hinweg duckte und sich dabei auf dem linken Fuß drehte, um Jivvins nachgesetztem Fausthieb zu entgehen. Er nutzte seinen Schwung, um eine mörderische Attacke auf den Hals seines Gegners zu zielen, was Jivvin beinahe vom Dach gefegt hätte.

„Nur unser Publikum?", erwiderte der ältere Krieger ungerührt. „Ich bin Besseres von dir gewohnt." Er zielte sein Chi'a tief, Ni'yo musste springen, um nicht das rechte Bein zu verlieren, schraubte sich über Jivvins Kopf hinweg, außer Reichweite, um den blitzschnellen Attacken seines Feindes zu entgehen. Selbstverständlich hatte Jivvin genau einen solchen Sprung provozieren wollen.

„Verzeih, ich dachte, ich müsste etwas Rücksicht auf dich nehmen, du wirkst erschöpft." Ni'yos Schwert kreiselte um sein Handgelenk, ließ offen, in welche Richtung er attackieren wollte, während er auf Jivvins Bewegungen lauerte.

„Zu gütig, aber sei unbesorgt, ich komme zurecht. Doch wie ist es mit dir? Du hast deinen Mittagsschlaf versäumt, das ist doch schädlich für kleine Kinder, habe ich gehört?" Jivvin deckte ihn mit einer Folge von Tritten, Fausthieben und blitzschnellen Schwertfolgen ein, die beiden Kriegern den Atem nahm, sodass er nicht sofort antworten konnte. Schließlich brach Ni'yo aber ohne Rücksicht auf seine eigene Deckung durch, stand seitlich verdreht zu seinem Gegner, die linke Seite ungeschützt. Jivvins Waffe bohrte sich tief in seinen linken Oberarm, glitt dabei

durch den Knochen, als wäre er Butter. Ni'yos Schwert aber ruhte nun im Nacken seines Feindes. Die geringste Bewegung von ihm würde genügen, um Jivvin zu enthaupten.
„Du hast Recht", keuchte Ni'yo, schaffte es, trotz der Schmerzen und der Anstrengung seine Waffe ruhig zu halten und sogar noch amüsiert die Augenbrauen hochzuziehen. „Es wird Zeit für meinen Mittagsschlaf. Vielleicht solltest du dir auch einen gönnen, alter Mann, für Greise ist so etwas wichtig, habe ich mir sagen lassen. Außerdem bist du tot, falls du es nicht bemerkt hast."
„Jetzt, wo du es sagst ... du hast da übrigens ein Schwert im Arm. Es gehört mir, glaube ich", grollte Jivvin. Es war nicht ungewöhnlich, dass Ni'yo das Duell auf diese Weise beendete. Die Bereitschaft, sich unerschrocken selbst zu verletzen und darauf zu vertrauen, dass die besonderen Heilkräfte der Am'churi ihn retten würden, war sein größter Trumpf. Jivvin fürchtete sich nicht vor Kratzern, nahm auch schon mal absichtlich einen Fausthieb oder Tritt hin, um sich dadurch Vorteile zu verschaffen, doch einer Klinge wich er immer aus, wenn es irgendwie ging.
„Tatsächlich?", ächzte Ni'yo, blickte scheinbar überrascht auf die Waffe in seinem Arm. „Und ich fragte mich schon, wem dieser Zahnstocher gehören könnte. Willst du es wiederhaben?"
„Wenn es dir keine Mühe bereitet ..." Auch für Jivvin wurde die Haltung langsam anstrengend, er musste sich unnatürlich zusammenducken, um nicht von Ni'yos Klinge verletzt zu werden.
„Ich schlage vor, dass du dich ergibst, dann könnte ich mein Chi'a wegstecken und dir deines wiedergeben." Jivvin hasste diese schwache Andeutung von Spott in der Stimme seines Feindes. Aus purem Trotz, um seinen Gegner noch ein wenig

länger leiden zu lassen, tat er, als müsse er über das Angebot nachdenken.

Du Ratte, eines Tage verlierst auch du!

„Nun gut", murmelte er schließlich zögernd, genoss aber den Anblick, wie Ni'yo der kalte Schweiß über das Gesicht lief. Aber er musste jetzt handeln, sonst würde sein Gegner zu zittern beginnen, die Kontrolle über das Schwert verlieren, vielleicht dabei versehentlich seinen Kopf abtrennen – und das wäre eine lächerliche Art zu sterben. „Dann ergebe ich mich. Du hast ehrenhaft gekämpft, Am'churi", sprach er die traditionellen Worte, die ein Ehrenduell beendeten.

„Fehlt da nicht etwas?", drängte Ni'yo mit höhnischem Funkeln in den Augen, obwohl er langsam in die Knie ging. Sein Chi'a kratzte über Jivvins Haut und schnitt um einen halben Fingerbreit ein.

„Ah, du meinst den Satz über *ich bin geehrt, dir unterlegen zu sein* und *danke, dass du mein Leben nicht forderst, obwohl es dein Recht wäre*?"

„Ja, daran dachte ich. Gehört das heute nicht mehr dazu?"

„Doch. Da ich mich aber nicht geehrt fühle und ganz gewiss nicht dankbar bin – und dein Entwaffnungstrick auch nicht unbedingt mein Verständnis von Ehrenhaftigkeit erfüllt – dachte ich, lasse ich es einfach mal weg. Wenn es dir aber wirklich am Herzen liegt, hol ich es nach."

Ni'yo stöhnte leise, als seine eigene Bewegung die Verletzung noch verschlimmerte. Blut strömte über Jivvins Rücken. Ihm war bewusst, dass es jetzt sofort enden musste, dieses Spiel, sonst waren sie beide verloren.

„Nun, wenn du das so siehst, kannst du den Passus mit der Freude über deine Niederlage auslassen. Aber ein wenig Dankbarkeit wäre angebracht, meinst du nicht?"

„Bist du sicher? Du lässt mich doch immer leben."

„Du solltest dich nicht zu sehr darauf verlassen. Wenn du noch länger wartest, fall ich in Ohnmacht und dein Kopf kommt ohne dich mit mir“, presste Ni’yo hervor.
„Gut. Danke, dass du mich leben lässt“, brummte Jivvin und atmete auf, als die Klinge von seinem Nacken genommen wurde. Immerhin, einen kleinen Sieg hatte er dennoch errungen! Ruckartig zog er seine Waffe aus dem Arm seines Feindes, verzichtete –mühsam beherrscht – darauf, Ni’yo dabei noch schlimmere Verletzungen zuzufügen.
„Du hast es schmutzig gemacht“, sagte er vorwurfsvoll, hielt es von sich, als würde er sich ekeln.
„Verzeih mir. Das nächste Mal nehme ich Rücksicht auf dein empfindsames Gemüt.“ Mit diesen Worten sprang der jüngere Am’churi vom Dach, landete sicher und ging scheinbar entspannt zurück zum Haus der Meister. Nur, wer ihn gut kannte, sah, wie steif er sich im Vergleich zu sonst bewegte.
Jivvin sprang ebenfalls in die Tiefe. Es war ein guter Kampf gewesen: Noch nie zuvor war es ihm gelungen, Ni’yo etwas abzutrotzen. Trotz alledem fraß der Hass an ihm. Wieder eine Niederlage.
Eines Tages machst du den entscheidenden Fehler! Und dann bin ich dich los!
„Warum hast du verloren?“ Die Stimme des alten Großmeisters war sanft, ohne Kritik oder Vorwürfe. Jivvin hatte ihn nicht herankommen hören, doch das war er von Leruam gewohnt.
„Er ist nach wie vor besser als ich, Meister.“
„Das wird er auch immer bleiben. Du kannst ihn nicht durch Waffengeschick bezwingen, nur durch Willensstärke. Also, warum hast du verloren?“
Jivvin nickte langsam. „Weil er bereit ist, zur Not seinen Arm zu opfern, um zu gewinnen und ich nicht.“

„Für Ni'yo steht das Leben auf dem Spiel, jedes Mal, wenn ihr zwei euch duelliert. Für dich nur dein Stolz. Vergiss das nicht. Wenn du nicht kämpfst, als ginge es auch um dein Leben, wenn du nicht bereit bist, alles zu opfern, wirst du diesen Krieg nicht für dich entscheiden."

Mit diesen Worten wandte Leruam sich um und ging mit raschen, jugendlich federnden Schritten davon.

Eine Weile lang blickte Jivvin ihm nach, dann betrat er das Haus.

Er irrt sich, dachte er. *Für Ni'yo steht nicht das Leben auf dem Spiel, er spielt selbst mit seinem Leben und genießt es. Er sucht den Kampf mit mir, weil er dann endlich spielen darf, und er gewinnt, um weiter spielen zu können. Wenn er eines Tages die Lust an diesem Spiel verliert, wird er sein Leben wegwerfen und es nicht bedauern.*

Er reinigte seine Klinge, untersuchte sie penibel auf Scharten und Beschädigungen nach dem langen Kampf. Erst, als sie vollkommen gepflegt war, ging er, um sich selbst zu waschen.

Und was suche ich? Wirklich nur den Sieg? Nichts weiter als das?

So sehr er auch nachdachte, er fand keine Antwort.

5.

Es war Mittagszeit. Nahezu alle Bewohner des Tempels befanden sich jetzt im Speisesaal oder ruhten sich ein wenig von der sengenden Hitze des Spätsommertages aus. Ni'yo freute sich über die Gelegenheit, den Schatten des Osthofs für seine Bogenschießübungen zu nutzen. In etwa dreißig Schritt Entfernung hatte er drei Metallringe an nachgiebigen Hopfenranken befestigt, die hier an der Außenmauer wucherten. Mit einem geschickt platzierten Pfeil sorgte er dafür, dass die Ranken in Bewegung versetzt wurden, ohne dass er auch nur einen einzigen Zweig beschädigte. Den Bogen gespannt musste er warten, bis sich alle drei Ringe auf einer Höhe befanden und sie mit einem einzelnen Pfeil gleichzeitig treffen. Die Bewegungen des Hopfens waren schwer zu berechnen, zumal immer wieder ein leichter Wind aufkam und sein Ziel zunichte machte. Oft genug geschah es, dass die Ringe auch nach Stunden nicht für einen Moment lang die gleiche Höhe erreichten. Heute hatte Ni'yo schon viermal mit einem Pfeil die Ranken zum Wippen gebracht, aber noch nicht einmal auf die Ringe schießen können. Insgesamt war es eher eine meditative Übung der Geduld und Ausdauer als der Zielfertigkeit, aber er liebte dieses Spiel dennoch. Wenn die Schultern bereits schmerzten, die Finger längst taub waren, die Arme zu zittern begannen vor Überanstrengung, die Augen tränten und man ganz plötzlich spürte, dass der Moment gekommen war, sich noch einmal sammelte und der Pfeil sich löste, und tatsächlich alle drei Ringe durchschlug – das war jedes Mal aufs Neue ein solcher Triumph, der alle Mühen und Warterei belohnte!
Es klopfte.

Verwundert schrak Ni'yo aus seiner Versenkung, brauchte einen langen Moment, um zu verstehen, dass jemand vor dem Haupttor stand. Seufzend schlang er sich den Bogen über die Schulter und ging hinüber. Es geschah so selten, dass jemand zu ihnen kam, dass sich keine Torwache lohnte. Besucher mussten warten, bis ihr Klopfen gehört worden war.
„Wer begehrt Einlass im Tempel des Am'chur?", sprach Ni'yo die traditionellen Worte.
„Wir sind Reisende und suchen Erfrischung, außerdem wollen wir Geleitschutz für den weiteren Weg erbitten."
Die Legende besagte, dass Am'churs Statue über dem Tor glühende Lava auf die Köpfe jener regnen ließ, die bei ihrer Antwort logen. Niemand wusste, ob dies tatsächlich schon einmal geschehen war. Jedes Jahr nahmen sich einige Novizen vor, nachts vor das Tor zu schleichen und absichtlich zu lügen, wenn sie von ihren Kameraden wieder eingelassen wurden. Sobald sie dann draußen vor dem Tor standen und in das weit aufgerissene Maul der Gottesstatue blickten, verließ sie allerdings jedes Mal der Mut.
Ni'yo entriegelte das Tor und zog es auf, drehte sich dabei so, dass die Fremden ihn von der Seite erblickten. Er wollte nicht mit ihnen reden, wenn es sich vermeiden ließ, zu tief war die Angst verwurzelt, auf Ablehnung zu treffen, sobald er sich mit anderen Menschen einließ.
„Bitte, tretet ein und seid willkommen. Nur einen Augenblick, ich rufe den Tempelvorsteher", sagte er, verneigte sich tief und eilte dann davon. Er hörte dabei dem Gespräch der Reisenden zu, so lange sie noch in Hörweite waren, sich aber bereits für unbelauscht hielten. Leruam kam ihm entgegen; wie stets wusste der Großmeister alles, was im Tempel geschah. Die Zeit schien spurlos an diesem Mann vorüberzugehen. Zwar wurde sein Gesicht jedes Jahr ein wenig runzliger, wie eine Rosine, die

beständig weiter verschrumpelte, je trockener sie wurde. Doch ansonsten war er unverändert der gleiche Mann, der Ni'yo vor fast zwei Jahrzehnten aufgenommen hatte.
Er nickte dem jungen Krieger zu und blieb kurz stehen.
„Eine Reisegruppe, Meister. Sie wollen Geleitschutz. Nach allem, was ich gehört habe, warten noch einige mehr in der Nähe, vermutlich mit Waren."
„Gut, Ni'yo. Schick doch bitte Jivvin her, ich denke, er wird sie gerne begleiten." Damit ging Leruam weiter und vertiefte sich rasch in ein Gespräch mit den Männern. Ni'yo betrachtete die acht Fremden aus dem Schutz, den der Schatten in der Nähe der Mauer bot. Es waren Händler, vermutlich aus den reichen Tälern des Rukay-Gebirges, so, wie sie gekleidet waren und sprachen.
Irgendetwas an ihnen gefiel Ni'yo nicht. Er wusste nicht, was es war, aber er vertraute diesem Instinkt. Langsam machte er sich auf dem Weg zum Haupthaus, um Jivvin zu suchen, dabei dachte er intensiv über die Fremden nach. Was war es nur, was ihn störte?
„Sehnsucht?", fragte Jivvin spöttisch, als Ni'yo sich vor ihm aufbaute. Er hatte gerade den Speisesaal verlassen wollen. Der letzte Kampf war knapp drei Wochen her. Die schwere Armverletzung des jüngeren Kriegers war noch nicht völlig verheilt, was ihn aber nicht davon abhielt, sich zu belasten.
„Wohl kaum. Du sollst zum Haupttor kommen, eine Händlergruppe bittet um Geleitschutz."
„Gut." Jivvin verharrte kurz, musterte ihn von oben bis unten.
„Was?", knurrte Ni'yo, sah gereizt an sich herab. „Ich bin verschwitzt, ich weiß."
„Wann hast du das letzte Mal gegessen?", fragte Jivvin ungerührt.

„Bist du meine Amma? Was weiß ich, gestern Morgen wahrscheinlich."
„Sieht man. Mach nur weiter so, dann gewinne ich den nächsten Kampf im Schlaf." Er grinste höhnisch, wollte dann gehen.
„Warte." Ni'yo rang einen Moment mit sich, dann entschloss er sich, seine Zweifel auszusprechen.
Jivvin blickte ihn über die Schulter an, lauerte offenbar, ob Ni'yo beleidigt genug war, um ihn sofort zum Kampf zu fordern.
„An diesen Händlern ist etwas merkwürdig. Ich kann es nicht genauer sagen, halte die Augen offen."
„Bist *du* jetzt meine Amma?" Jivvin rollte die Augen, schnaubte verächtlich und verschwand ohne weiteres Wort.
Ni'yo zuckte die Schultern. Er hatte ihn gewarnt.
Jetzt, wo er schon einmal hier war, könnte er tatsächlich etwas essen. Es roch nach scharfer Hühnersuppe, was vielleicht angenehm sein würde an einem heißen Tag wie diesem. Er blickte in den Raum hinein. Dutzende angsterfüllte Gesichter starrten zurück. Innerlich seufzend wandte er sich um. Sinnlos. Wozu diese armen Kinder mit seiner Anwesenheit quälen? Sie trugen doch keine Schuld an dem, was er war. Eine abscheuliche, Angst einflößende Kreatur …
Sein Hunger war geweckt, es war ein Fehler, an Essen zu denken. Ni'yo beschloss, jagen zu gehen und sich selbst etwas zuzubereiten. Auf diese Weise schadete er niemandem und erschreckte keine kleinen Jungen.
„Hungrig?"
Er fuhr zusammen, hatte nicht gespürt, wie sich jemand an ihn heranschlich.

Kamur stand hinter ihm, hielt sich fluchtbereit auf Abstand. Wären sie nicht in Rufweite des Haupthauses, hätte er sicherlich nicht gewagt, Ni'yo auch nur anzusehen.
Der junge Am'churi zog die Augenbrauen hoch und musterte Kamur aufmerksam. Vor etwa einem Jahr waren Kamur und Perénn in Gefangenschaft geraten – Schattenelfen hatten ihnen aufgelauert. Zwar war ihnen rasch die Flucht geglückt, aber seither waren beide nicht mehr fähig, den Tempel zu verlassen. Schon mehrfach hatten sie darum gebeten, aus Am'churs Diensten entlassen zu werden, fühlten sich nicht als vollwertige Krieger. Der Drachengott hatte es jedes Mal verweigert. Was ihnen in der Gefangenschaft widerfahren war, erzählten sie niemandem, außer Leruam. Es wurde von Folter gemunkelt und heiß spekuliert, was die Kalesh überhaupt von ihnen gewollt haben mochten. Ni'yo beteiligte sich nicht daran, obwohl es ihn durchaus interessierte. Immerhin war dies nicht der erste Übergriff auf Am'churi gewesen …
Kamur erwiderte den forschenden Blick nervös.
„Darf ich dir einen guten Rat geben?", wisperte Ni'yo sanft, lächelte dabei aber böse. Wie erwartet wurde Kamur leichenblass und wich einige Schritte zurück.
„Es war doch nur eine Frage!", rief er hastig. „Nichts für ungut!" Er rannte so schnell davon, wie es mit seiner Würde als Meister der Kriegskunst gerade noch zu vereinbaren war.
Ni'yo rückte Bogen und Köcher zurecht, überprüfte, ob sein Chi'a fest verzurrt war und marschierte entschlossen zum Haupttor. Als Meister war es ihm erlaubt zu kommen und zu gehen, wie es ihm beliebte. Nur, wenn er längere Zeit fortzubleiben gedachte, musste er es einem der Großmeister mitteilen.
Beinahe tat ihm Kamur leid. Er überdachte die kurze Begegnung noch einmal. War Kamurs Frage wirklich so

spöttisch gewesen, wie er sie empfunden hatte? Im Nachhinein war er nicht mehr ganz sicher, vielleicht hatte er dem Mann Unrecht getan?
Was soll's. Schließlich habe ich auch nur eine Frage gestellt.
Ni'yo dachte zurück an diese eine Nacht vor so vielen Jahren. Die Nacht, in der sein schlimmster Feind ihm das Leben gerettet, ihn wie ein menschliches Wesen behandelt hatte. Die Nacht, in der diese harmlose Frage, die er Kamur vorhin stellte, eine besondere Bedeutung erhalten hatte.

Leise öffnete sich die Tür. Ni'yo wusste, dass es Kamur war, er erkannte den Schritt des Adepten. Noch immer war er viel zu schwach, um sich zu wehren, um an Flucht auch nur zu denken. Ausgelaugt von dem Lähmungsgift, das noch in seinen Beinen wirkte; gequält von dem anderen Gift, mit dem die unzähligen Holznadeln getränkt gewesen waren und ihm noch immer brennende Schmerzen bescherte; ausgezehrt von dem unendlichen Kampf gegen das Ersticken; verwirrt und bis in die Tiefen seiner Seele erschüttert von dem, was Jivvin ihm geschenkt hatte. Das Wissen, das er vielleicht eine abstoßende, hassenswerte Kreatur war, aber dennoch zumindest ein einziges Recht besaß. Das Recht, einen würdevollen, ehrenhaften Tod zu sterben. Endlich wusste er, warum er all die Jahre um sein erbärmliches, nutzloses Leben gekämpft hatte. Welchen Sinn seine verdorbene Existenz besaß. Nie hatte Am'chur ihm diese Frage beantwortet, und Leruams Weisung, dass jeder Mensch sich selbst darauf eine Antwort geben musste, hatte nicht geholfen.
„Wieso bist du frei?", zischte Kamur wütend, hielt die Überreste der Fesseln in das schwache Licht, das die aufgehende Sonne durch die Fenster sandte. „Wer hat sie durchgeschnitten? Wer hat dir geholfen?" Jedes einzelne Wort

begleitete der ältere Junge mit einem Tritt. Stöhnend rollte Ni'yo sich zusammen, versuchte, Kopf und Unterleib vor der Wut seines Peinigers zu schützen.
„Niemand hat mir geholfen", log er. „Würde ich sonst noch hier am Boden liegen? Und wer sollte so wahnsinnig sein, mir zur Hilfe zu kommen? Ich habe es selbst geschafft."
Kamur zweifelte Ni'yos Worte nicht an, ließ aber weiterhin seine Wut an dem Jungen aus, schlug und trat ohne Rückhalt auf ihn ein.
Er bringt mich um …, dachte Ni'yo mit schwindendem Bewusstsein. Wäre dies irgendeine andere Nacht gewesen, hätte er sich vielleicht in sein Schicksal gefügt. Er hätte sich zu Tode prügeln lassen wie ein räudiger Hund und es begrüßt, das Ende der endlosen Qual. Aber heute nicht. Nicht nach dem, was Jivvin ihm geschenkt hatte.
„Hör auf!", grollte er. Verblüfft hielt Kamur inne, starrte auf seine blutigen Fäuste, als würde ihm erst jetzt bewusst, was er hier eigentlich tat. Vielleicht war es ja wirklich so?
„Darf ich dir einen guten Rat geben?", fragte Ni'yo mühsam. Völlig aus der Fassung gebracht nickte Kamur stumm. Noch nie hatte Ni'yo ein einziges Wort gesprochen, in all der Zeit nicht, die er gefoltert und misshandelt worden war, weder um Gnade gefleht noch verlangt zu wissen, warum man ihm das antat. Nicht einmal geschrien …
„Jahrelang habe ich euch gestattet, mit mir zu tun, was immer ihr wolltet, wenn es euch gelang, mich zu überwältigen. Ich dachte, es ist euer Recht. Damit ist jetzt Schluss, Kamur. Ich bin müde, ich bin hungrig, und Am'chur weiß, ich habe genug Schmerzen ertragen. Mein Rat an dich, und gib ihn jedem deiner Freunde weiter, die dir am Herzen liegen: Fasst mich nie wieder an. Versucht nie wieder, mir aufzulauern oder mich zu vergiften. Wenn ihr mich besiegen wollt, fordert mich zum

Ehrenduell, ich werde niemanden töten, der mir im ehrlichen Kampf unterlegen ist." Er fixierte den angststarren Jungen mit brennendem Blick. „Kamur, ich meine es ernst. Überfallt mich noch einmal, und ICH fordere euch zum Ehrenduell, und töte jeden, der mich verletzt hat."

Langsam wich Kamur zurück zur Tür, Schritt für Schritt.

„Ist gut, Ni'yo. Es wird nicht mehr geschehen. Ich sage es allen, ich schwöre es", stammelte er.

Dann floh er durch die Tür.

Das war leicht gewesen, dachte Ni'yo verwundert. Er hätte es schon früher tun müssen ... aber da hatte er sich noch nicht als würdig empfunden, einem anderen Menschen mit dem Tod drohen zu dürfen.

„NUN WIRST DU EIN WAHRER AM'CHURI", grollte der Drachengott in seinem Bewusstsein. Ni'yo spürte feurige Kraft in seinen Adern, die den Schmerz auslöschte. Er stand auf, verneigte sich in Richtung Tempelheiligtum.

„Ich werde dich nicht enttäuschen, Am'chur."

Seit dieser Nacht hatte ihn niemand mehr angegriffen, außer Jivvin, der dabei trotz Hass und Wut stets die Ehrenregeln der Am'churi einhielt. Und wann immer er sich von Kamur, Pérenn oder dessen Freunden belästigt fühlte, genügte es, diese einfache, so harmlose Frage zu stellen, ob sie einen Rat annehmen wollten, und schon flohen sie vor ihm in alle Richtungen. Es hatte sein Leben erleichtert ... aber manchmal, in schlaflosen Nächten, ertappte er sich dabei, wie er bedauerte, seine Peiniger verjagt zu haben. Natürlich sehnte er sich nicht nach den Schmerzen der Folter und der Todesangst zurück, aber er konnte sich nun nicht mehr mit ihnen messen. Ein Gang ins Dorf oder in den Wald bedeutete keinen Spießrutenlauf mehr. Keine Giftfallen mehr, die er im Voraus erahnen musste.

Kein Nervenkitzel. Nur Jivvin versuchte überhaupt, gegen ihn anzutreten, und außer diesem einzigen verbliebenen wirklichen Feind sprachen nur noch die Großmeister zu ihm. Ein einsames, stilles Leben, in dem er manchmal wochenlang kein Wort sagte, vor allem, wenn Jivvin auf Reisen war. Lieber ertrug er Jivvins kalten Hass als all die Einsamkeit …

Ni'yo drängte die sinnlosen Gedanken zurück; was geschehen war, war geschehen. Das Haupttor war verwaist. Entweder hatte Leruam die Händler ins Haupthaus geführt und bewirtete sie dort, oder sie waren bereits mit Jivvin aufgebrochen. Das musste ihn nicht weiter kümmern, er wollte auf die Jagd. Warum nur hatte er trotzdem das Gefühl, in die falsche Richtung zu gehen?

6.

Jivvin begutachtete aus den Augenwinkeln die Männer, die zu den Händlern gestoßen waren. Von ursprünglich acht war die Gruppe mittlerweile auf über zwanzig angewachsen. Sie trugen alle die gleiche Tracht, sprachen den gleichen Dialekt. Ihre Lasttiere waren mit Stoffen beladen und niemand von ihnen trug eine gefährlichere Waffe als einen Dolch. Und doch, er fühlte sich unbehaglich. Wenn Ni'yo es für nötig hielt, ihn zu warnen, bedeutete das Gefahr. Ni'yo scherzte nicht. Jedenfalls nicht auf diese Weise. Jivvin teilte die Einschätzung seines Feindes. Irgendetwas war merkwürdig an diesen Händlern, aber er wollte verflucht sein, wenn er wusste, was. Leruam hatte offenbar nichts an ihnen bemerkt.

Am'chur, sehe ich Gespenster, oder muss ich mich wirklich vorsehen?, dachte er, wissend, dass der Gott nicht antworten würde.

Nun, Vorsicht kann nie schaden!

Der Führer der Handelskarawane kam zu ihm, ein redseliger, dicker Mann namens Kim'le, dessen offene, ansprechende Art sofort Vertrauen erweckte.

„Ihr seid ein noch junger Krieger, wenn Ihr verzeihen mögt, habt Ihr denn schon Erfahrung im Kampf?", plapperte er, hüpfte dabei wie ein neugieriges Kind.

Jivvin erzählte bereitwillig, wenn auch ein bisschen vage, von seinen bisherigen Begegnungen mit Schattenelfen. Er schmückte die Kampfgeschehen aus, ließ aber alle unangenehmen Details beiseite. Es gab Dinge, die mussten Fremde nicht unbedingt erfahren. Kim'le redete unentwegt weiter, stellte hunderte Fragen nach Waffen und Kampf, nach Am'chur, wie gefährlich der Zornige Gott wirklich war, wie rachsüchtig, aber auch beschützend.

„Man sagt, Am'chur tötet jeden, der einen seiner Krieger beleidigt, stimmt das?", fragte Kim'le mit weit aufgerissenen kindlichen Augen. „Ich meine, es könnte ja sein, dass ich oder einer meiner Leute Euch versehentlich angeht, müssen wir uns dann sehr fürchten?"
„Gewiss nicht", lächelte Jivvin. „Wenn Am'chur jeden seiner Krieger wie eine Glucke behüten würde, müssten wir uns die Mühe mit einer Kampfausbildung gar nicht machen, nicht wahr? Der Gott des Krieges ist stolz, wenn wir für uns selbst zu sorgen wissen und verhindert nicht, dass wir angegriffen werden."
„Aber wenn ein Unglück geschieht? Wenn, sagen wir, Räuber über uns herfallen, so zahlreich, dass Ihr tödlich verletzt werdet, dann würde Am'chur doch über uns kommen?"
„So lange Ihr Euch nicht den Räubern anschließt, hättet Ihr nichts zu befürchten, Kim'le, aber sonst könnte es böse enden, ja."
Jivvin war froh, als einer der Lastesel zu bocken begann und Kim'le zu Hilfe eilen musste. Der fröhliche, etwas naive Handelsführer war auf Dauer dann doch ein wenig anstrengend.
Die Karawane wollte in die Provinzhauptstadt von Ettusa ziehen. Jivvin war schon einmal dort gewesen, eine reiche, große Stadt namens Hifylis, ganz in der Nähe der Salzwüste im Norden von Aru. Salz hatte diesem Landstrich Wohlstand gebracht. Es würde eine recht lange von zwei oder drei Monaten werden. Weniger die Entfernung als schwierige Wegbedingungen würden sie aufhalten; es galt mehrere große Flüsse zu überqueren, dazu die dichten Wälder rund um Vaio, in denen die Lasttiere noch langsamer als sonst vorwärts kommen würden und jederzeit mit Wegelagerern zu rechnen war. Wenn sie es nicht vor dem Einsetzen der Herbststürme bis

an den Rand der Salzwüste geschafft hatten, konnte es sogar sein, dass sie dort überwintern mussten. Die Stürme in der Wüste waren tödlich, niemand würde zu dieser Zeit versuchen, sich dort hineinzuwagen. Jivvin bereitete sich innerlich schon einmal darauf vor, erst im kommenden Frühjahr nach Vaio zurückzukehren.

Ein Jammer. Auf Monate keine Gelegenheit, Ni'yo anzugreifen, stattdessen das kindliche Gerede des Händlers, das waren trübe Aussichten ... aber vielleicht befand unter den anderen Männer noch ein angenehmerer Gesprächspartner.

Nicht sehr wahrscheinlich ...

~*~

Ni'yo betrachtete den Sternenhimmel über sich. Er lag ausgestreckt auf dem weichen Waldboden, neben ihm prasselte ein niedriges Feuer. Müßig spielte er mit einer Feder des Rebhuhns, das er erlegt hatte. Schon lange war er nicht mehr so satt gewesen, vielleicht sollte er wirklich häufiger den Tempel verlassen und sich selbst versorgen, statt sich nur alle paar Tage einmal in das Haupthaus zu wagen, um nicht verhungern zu müssen. Der Wald war gerade zu dieser Jahreszeit voller Früchte, Pilze, essbarer Kräuter und Wild. Hier war er für sich, musste keine finsteren Blicke fürchten, Hass oder Angst.

Ich bin ein Am'churi, kein Kind von Muria. Mein Weg ist der Krieg, nicht die Jagd ...

Aber hier war er allein. So sehr Ni'yo die Einsamkeit suchte, um Konflikte zu vermeiden, so sehr fürchtete er sie auch. Im Tempel konnte er die anderen wenigstens beobachten, ihren Stimmen lauschen. Nicht Teil ihrer Gemeinschaft sein, aber zumindest nicht vollkommen allein.

Ni'yo seufzte. Egal, wo er war, er war immer einsam, selbst inmitten der größten Menschenansammlung. Wenn wenigstens Jivvin da wäre, um mit ihm zu kämpfen! Nicht immer lief es auf ein Ehrenduell hinaus, oft genug bat Jivvin auch um einen einfachen Trainingskampf. Niemand sonst wagte so etwas.
Ni'yos Suche nach passenden Würzkräutern für das Rebhuhn hatte ihn nordwestlich geführt, der Tempel lag weit hinter ihm. Morgen früh musste er zurückkehren, sonst würde man ihn vermissen.
Vielleicht erlaubt mir Leruam, einige Wochen hier draußen zu bleiben. Ohne Jivvin ist sowieso niemand da, der mit mir kämpfen könnte, oder reden …
Wohin Jivvin wohl ziehen musste? Die Täler von Rukay waren nicht weit entfernt, aber vermutlich war die Karawane von dort aufgebrochen, statt auf dem Heimweg. Es konnte Monate dauern, bis sein Feind zurückkehrte.
Wahrlich trübe Aussichten!
Plötzlich hörte er etwas. Schreie? Rief da jemand? Ni'yo setzte sich hastig auf, durchdrang die Dunkelheit der Nacht mit allen Sinnen. Da, wieder trug ein Windhauch etwas mit sich, das wie Kampflärm klang, sehr, sehr weit entfernt.
Ohne zu zögern löschte Ni'yo das Feuer und rannte los, in Richtung Norden.

~*~

Jivvin kämpfte auf verlorenem Posten, und er wusste es. Von überall her waren die Gegner gekommen. Hätte er nicht auf Ni'yos Warnung und sein eigenes unbehagliches Gefühl gehört, wäre er ihnen schlafend in die Hände gefallen. So aber konnte er zumindest als Krieger sterben! Der Hass auf die Händler hielt ihn aufrecht, während er sich gegen über zwanzig Schattenelfen zur Wehr setzte, jeder von ihnen mit zwei Krummsäbeln bewaffnet und durchaus fähig, diese zu nutzen. Kim'le und seine Männer waren wohl tatsächlich nichts weiter als harmlose Händler, die sich für einen hohen Preis bereit erklärt hatten, einen Am'churi in ihre Dienste zu locken, hierher zu führen und dann schleunigst das Weite zu suchen. Im Moment war es Jivvin gleichgültig, sie hatten ihn verraten, und das brachte sein Blut zum Kochen.

Er stand mit dem Rücken an einen Baumstamm gepresst, versuchte unentwegt, eine Lücke in die Mauer seiner Feinde zu schlagen, um entkommen zu können. Sein Körper war verwandelt, Schuppen überzogen seine Haut, die Finger waren zu tödlichen Klauen geworden. Er wünschte, er könnte sich Flügel wachsen lassen, wie einige seiner Waffenbrüder, doch das war ihm nicht gegeben. Die Elfen wichen seinen tödlichen Hieben aus, er sah ihre feindseligen, wunderschönen Gesichter, hörte, wie sie ihn hasserfüllt in ihrer eigenen Sprache verfluchten. Ein zorniger Am'churi war durch Kampfkraft allein nicht zu bezwingen, aber die Kalesh waren nicht auf Waffen oder Geschick angewiesen. Wann immer sie sich im Schatten befanden, konnten sie ihre Körper willentlich entstofflichen. Immer wieder fuhr Jivvins Chi'a durch Schattenleiber, ohne auf Widerstand zu stoßen, musste sich in die Defensive drängen lassen, wenn plötzlich aus dem Nichts Säbel oder Dolche auf ihn niederfuhren, diese nur allzu stofflich und wahrhaftig. Er kämpfte um sein Leben, erfüllt vom Zorn des Drachen. Sein Schwert fraß sich durch Arme und die Körper jener, die ihm unvorsichtig zu nahe kamen. Doch egal, wie viele er tötete oder verwundete, es schienen immer neue Feinde nachzurücken. Jivvin war verletzt, blutete

aus zahllosen Schnitten. Seine Bewegungen wurden langsamer. Nicht mehr lange, und der Kampf war entschieden.
Lass dich nicht lebend von ihnen fangen!, dachte er, während er instinktiv einem mörderischen Hieb gegen seine Brust auswich, rasch mehrere Attacken gleichzeitig parierte, trotzdem einen Treffer gegen das rechte Bein hinnehmen musste.
Am'chur verbrenne euch alle!
Er konnte sie nicht besiegen, die verfluchten Schattenwandler. Er konnte nicht fliehen. Jivvin wappnete sich kurz und suchte sich seinen Mörder aus: ein gewandter Krieger, der ihn schon die ganze Zeit mit seinen Säbeln in höchste Bedrängnis brachte. Er gab die Deckung auf, warf sich den Klingen entgegen, die seinen Leib zerfetzen und durchbohren würden – aber da traf ihn ein harter Schlag im Nacken. Der Am'churi stürzte zu Boden, bewegungsunfähig, nur noch halb bei Bewusstsein.
„Süße Träume, Drachenbrut", zischte eine höhnische Stimme aus unendlicher Ferne. Dann wusste Jivvin nichts mehr.

7.

Es dämmerte bereits, als Ni'yo endlich den Ort des Geschehens erreichte. Zu früh war der Kampflärm verstummt, als dass er sich hätte orientieren können. Die Spuren, die sich hier offenbarten, verwirrten ihn. Anscheinend hatten Händler in der Nähe gelagert, eine große Gruppe mit vielen Lasttieren. Er überschlug kurz die Entfernung zum Tempel – es könnte durchaus die Karawane gewesen sein, die Jivvin angeworben hatte. Den Zeichen nach war diese Gruppe vor über zwei Stunden aufgebrochen, dazu in größter Eile. Der Grund dafür lag auf der Hand, es gab deutliche Spuren von Kämpfen. Aber Wegelagerer griffen gewöhnlich mit Pfeilen an, und konzentrierten sich auf die Lasttiere. Wie es schien, war aber die gesamte Karawane unbeschadet entkommen, die Abdrücke der Tiere wie auch die Fährten der Händler wurden nicht von Verfolgern unterbrochen. Hatten die Räuber gegen sich selbst gekämpft? Der Boden war an einer Stelle zerwühlt, hier war eine Menge Blut geflossen. Leichen gab es keine.

Das wäre typisch für Schattenelfen, sie ließen niemals einen der ihren zurück, selbst einzelne Kleidungsfetzen wurden sorgfältig aufgelesen und mitgenommen. Aber wenn die Kalesh eine Karawane angriffen, zielten sie erst recht auf die Waren und Tiere.

Nachdenklich kniete Ni'yo neben der Kampfstätte, versuchte, die vielfältigen Fährten und Zeichen zu lesen. Es schien, als hätte das Gefecht sich um eine alte Esche entschieden. Viele Kämpfer hatten hier im Kreis gestanden, dicht an dicht, und waren auf den Baum zugerückt. Vermutlich hatte eine kleine Gruppe versucht, sich hier zu verteidigen und war überwältigt worden.

Oder vielleicht auch nur ein einzelner Kämpfer?

Jivvin?

Es waren einfach keine deutlichen Abdrücke zu finden. Von der Esche führten zwar Fußspuren zahlreicher Männer mit leichten Stiefeln fort, verloren sich aber rasch auf dem felsigen Untergrund, der hier große Teile des Geländes ausmachte. Ni'yo war ein recht guter Jäger und konnte Fährten folgen, doch das machte keinen Waldläufer aus ihm. Er war ein Am'churi, kein Kind Murias! Die unbekannten Angreifer hatten es geschafft, ihre Spuren zu verwischen. Eine Weile versuchte Ni'yo, die Fährte wiederzufinden, schließlich musste er sich aber eingestehen, dass er hier versagte. Kalesh. Alles sprach dafür. Die Schattenelfen brauchten nicht einmal ihre seltsamen Fähigkeiten, um ungesehen zu verschwinden. Es schien, als würde der Wald selbst ihnen dienen, indem Büsche und Sträucher ihre Zweige fortbogen, der Boden alle Abdrücke verschluckte. Ratlos, was er jetzt tun sollte, blickte er um sich. Es gab keinen echten Grund, die Spuren zu suchen. Das Kommen und Gehen dieser Fremden ging ihn nichts an, ihre Ziele und Absichten konnten ihm gleichgültig sein. Sinnvoll wäre es, zum Tempel zurückzukehren und sich seinem Leben zu stellen.

Und wenn es doch Jivvin war, der überwältigt wurde?

Die Händler waren ihm verdächtig erschienen. Eine große Gruppe von Angreifern hatte in dieser Nacht zugeschlagen, sich aber nicht um die kostbaren Handelswaren gekümmert. Das allein war mehr als seltsam. Balur, der Gott der Händler, griff genauso wenig in das Schicksal der Sterblichen ein wie Am'chur, er verhinderte kein Unglück, nur, weil er es konnte. Mit Sicherheit also war hier kein göttliches Wunder geschehen, sondern ganz und gar menschliches Handeln. *Oder elfisches!*

Kurz entschlossen kehrte Ni'yo zurück zur Straße und wandte sich der Fährte der geflohenen Karawane zu. Wenn er etwas über dieses Rätsel erfahren wollte, musste er wissen, was heute Nacht geschehen war. Sollte Leruam zornig auf ihn sein, weil er unerlaubt verschwunden war, wen kümmerte das? Alle Welt war wütend auf ihn, allein dafür, dass er es wagte zu leben; einer mehr machte da keinen Unterschied.

~

„Habt Gnade, Herr!“, wimmerte Kim’le. Ni’yo hatte den dicken kleinen Mann am Kragen gepackt, presste ihn unerbittlich gegen einen Findling, während er sein Schwert in der Linken hielt und die übrigen Händler bedrohte.
„Sieh mich an“, fauchte der Am’churi voller Zorn, „sehe ich aus wie jemand, der Gnade kennt?“
„Bitte Herr, bitte!“
„Wenn du leben willst, Schabe, sag mir, was du getan hast!“ Mit voller Absicht starrte er dem Händler ins Gesicht, wissend, wie furchterregend sein Anblick sein konnte, wenn er es wollte. Niy’yo genoss es, wie sich dieser verlogene Feigling vor ihm krümmte.
Er fuhr herum, als er eine Bewegung erahnte, fixierte einen der Männer mit loderndem Blick. „Wag es nicht, auch nur einen Fuß zu rühren, sonst gibt es Tote!“
„Vergebung, Herr! Wir sind doch nur Händler, wir konnten uns nicht wehren!“, kreischte Kim’le in Todesangst.
„Gegen wen?“ Ni’yo verstärkte den Druck.
„Kalesh, Herr, viele von ihnen! Sie zwangen uns, einen Am’churi hierher zu locken, ich weiß nicht warum. Hätten wir uns geweigert, wären wir jetzt alle tot …“
Entsetzt ließ Ni’yo den Mann frei. Kalesh … also doch, die verdammten Schattenelfen. Sie waren erbitterte Feinde der Am’churi, schon immer gewesen. Warum, diese Frage konnte

oder wollte ihm niemand beantworten. Ihr anhaltendes Interesse, Gotteskrieger gefangen zu nehmen war allerdings neu und sehr beunruhigend.
„Was wollten sie mit einem Am'churi?“, fragte er, von finsterer Vorahnung erfüllt.
„Das sagten sie nicht, Herr, bitte, ich weiß es nicht!“ Schluchzend sank Kim'le in die Knie. „Sie kamen nachts, befahlen uns zu verschwinden. Der Am'churi hat gekämpft, wir sind nicht geblieben. Ich weiß nicht, ob er tot ist.“
Sinnend wich Ni'yo ein wenig von ihm zurück, ließ sein Chi'a um das Handgelenk kreisen, damit die Händler nicht auf dumme Gedanken kamen.
Er hatte nicht die geringste Ahnung, wo sich die Kalesh verbargen, aus welcher Richtung sie gekommen waren, wohin sie von hieraus wollten. Wenn sie Jivvin und möglicherweise noch Tote und Verletzte mit sich trugen, würden sie zwar nicht allzu schnell vorwärts kommen, allerdings hatten sie bereits mehrere Stunden Vorsprung.
„Herr?“, wisperte Kim'le, ohne den Kopf zu heben. „Herr, ich hörte etwas, ich weiß nicht, ob es hilft. Einer der Elfen sprach vom Land der tausend Flüsse, bevor er wieder in sein eigenes Gezischel verfiel, das sie Sprache nennen.“
Nachdenklich blickte Ni'yo nach Süden. Die Hochebenen waren beinahe vierzehn Tage von hier entfernt, wenn man alle Abkürzungen nutzte und ohne Rast marschierte.
Aber ist es nun eine Falle, um jene, die den Am'churi vielleicht retten wollen, hinter sich herzulocken? Oder eine falsche Fährte?
Ihm war völlig bewusst, dass die Kalesh niemals versehentlich ihr Ziel verraten hätten. Nun, wenn er hier stehen blieb, würde er es nie herausfinden! Mit etwas Glück könnte er die

Attentäter unterwegs einholen oder wenigstens Spuren finden, die ihm bewiesen, dass er auf dem richtigen Weg war.
Abrupt wandte Ni'yo seine Aufmerksamkeit wieder dem verängstigten Mann zu seinen Füßen zu und zerrte ihn brutal auf die Beine.
„Flieht!", grollte er. „Flieht, und haltet nicht an! Wenn der Am'churi tot sein sollte, werde ich mich an allen rächen, die dafür verantwortlich sind. Also rennt und betet zu Balur, dass er eure Füße beflügeln möge."
„Aber er sagte, dass Am'chur sich nicht rächt, wenn wir nicht selbst angreifen!", rief einer der entsetzten Händler hinter ihm.
Langsam wandte Ni'yo den Kopf. „Am'chur mag sich diese Mühe nicht machen, und sogar Erbarmen mit den Dummen und Schuldlosen haben. Auf mich trifft nichts davon zu", flüsterte er, und lächelte kalt.
Mit diesen Worten steckte er sein Schwert zurück in die Scheide und sprang aus dem Stand auf den Findling.
„Flieht", sagte er ein letztes Mal, und dann begann er seine Jagd.

8.

Leiser Gesang drang in Jivvins von Schmerz und Dunkelheit beherrschte Welt.

Wo bin ich?, dachte er, doch das allein war so anstrengend, dass sein Bewusstsein wieder davonzugleiten drohte.

Gefahr … Er war so schwach wie ein neugeborenes Kind, konnte nicht einmal die Augen öffnen. Deutlich spürte er, dass viele Gestalten ihn umgaben, hörte ihren rituellen Gesang, der monoton auf- und abstieg, immer wiederkehrend.

Kalesh …

Er wusste, was sie vorhatten. Sie wollten seine Bindung zu Am'chur zerbrechen, ihn an Leib und Seele zerstören. Warum, das hatten sie ihm nicht verraten. Jede Nacht, seit sie ihn gefangen genommen hatten, begingen sie dieses Ritual. War heute die dritte Nacht? Die vierte? Lange würde er nicht mehr standhalten.

Stöhnend kämpfte Jivvin um sein Bewusstsein. Er musste sich ihnen widersetzen, unbedingt!

Am'chur, hilf mir!

Er konnte den Gott noch immer in sich spüren, als schwachen, flackernden Funken. Er durfte nicht erlöschen, es durfte nicht geschehen! Vor dem Tod fürchtete Jivvin sich nicht, aber ohne Am'chur wollte er nicht in die Endlosigkeit eingehen. Wenn er noch die Kraft dazu besessen hätte, er hätte geweint vor Angst und unerträglicher Qual.

Schreie. Wütende, schmerzerfüllte Schreie. Ob Am'chur ihn erhört hatte? Kam der Zornige, um ihn zu rächen?

~*~

Ni'yos Schwert blitzte im Schein der Feuer auf, sein Gegner sank sterbend nieder. Die Schattenelfen wichen vor seinem Zorn zurück. Binnen weniger Herzschläge hatte der junge Krieger ein halbes Dutzend Kalesh getötet, stand nun breitbeinig über Jivvin, entschlossen, ihn bis zum letzten Atemzug zu verteidigen.

„Du kommst zu spät, Am'churi. Das Ritual war so gut wie vollendet. Er wird vielleicht überleben, aber niemals wieder in dieser Welt erwachen. Wir haben ihn von seinem Gott gerissen", zischte eine Stimme aus dem Schatten. Ni'yo achtete nicht auf diese Worte, schloss die Augen und verlangsamte seinen rasenden Puls, bis er innerlich vollkommen ruhig war. Er hörte Jivvins qualvolle Atemzüge, das Knistern der Flammen, die verstohlenen Bewegungen der Elfen. Mehrere Klingen wurden gezogen, er nahm das fast unhörbare Schaben von Metall auf Leder wahr. Die tödlichen Waffen wurden auf ihn geschleudert. Sein Chi'a beschrieb einen sirrenden Kreis und schlug alle Geschosse aus der Luft.

„Warum?", fragte er leise.

„Rache, Am'churi. Dieser von seinem Gott gebrochene Mann soll sterben, für das, was die Drachen uns vor zwei Jahrzehnten angetan haben!"

„Ich weiß nichts davon, was euch angetan wurde. Ich weiß lediglich, weder Jivvin noch ich haben jemals gegen euch gekämpft, wenn ihr nicht zuerst angegriffen habt", erwiderte Ni'yo langsam. Aus allen Richtungen flogen Pfeile heran. Ni'yo federte in die Knie, wich ihnen aus. Einer streifte seine Schulter, doch er ließ sich nichts anmerken.

„Geht. Dieser Krieger ist nicht für euch bestimmt, er ist mein. Mein Feind, und er darf nur durch meine Hand sterben. Geht, und ich werde euch nicht verfolgen. Bleibt, und keiner von euch wird lebendig nach Hause zurückkehren."

„Was lässt dich glauben, dass du allein gegen fast sechzig von uns bestehen kannst, während du noch versuchst, deinen Feind zu beschützen?“, spottete die Stimme aus der Dunkelheit. „Warum glaubst du, besser als er gegen unsere Magie gerüstet zu sein, in der Nacht, wenn das Sonnenrad fortgerollt ist und wir jeden Schatten beherrschen?“
Schneller, als das menschliche Auge folgen konnte, riss sich Ni'yo den Bogen von der Schulter, spannte einen Pfeil und schoss. Ein gurgelnder Schrei und ein dumpfer Aufprall bewiesen, dass er getroffen hatte.
„Ich höre eure Herzen schlagen. Ich rieche euren Schweiß. Ich sehe, wie ihr euch zwischen den Bäumen bewegt. Eure Schattengestalt schützt euch, doch wenn ihr angreifen wollt, müsst ihr in diese Welt zurückkehren, und dann finde ich euch. Meinen Feind konntet ihr überrumpeln und dadurch allein bezwingen. Mich werdet ihr nicht besiegen. Mein Name ist Ni'yo. Ich bringe euch den Tod.“ Er begleitete die gelassen gesprochene Drohung mit drei Pfeilen, so rasch hintereinander abgefeuert, dass es eine fast einzige Bewegung zu sein schien. Zwei fanden ihr Ziel. Er wusste, würden sie gemeinsam über ihn herfallen, konnte er nicht überleben, egal, ob er sie hörte und sah oder nicht. Das einzige, worauf er vertrauen konnte, war die natürliche Vorsicht der Schattenelfen. Sie gingen kein Risiko ein, wenn es sich vermeiden ließ, wichen eher vor einem Gegner zurück, als sich in Gefahr zu bringen. Wenn sie sich von seinem Abbild unerschütterlicher Macht täuschen ließen, seine Lüge glaubten, er könne mit seinen Sinnen auch die Schatten durchdringen, dann könnte er überleben. Wenn ihre Sicherheit ihnen wichtiger war als die Rache. Wenn nicht …
„Wir gehen, Am'churi. Auch, wenn wir diesen Mann nicht opfern konnten, er ist verloren für dich und deinen Gott.“

Ni'yo hörte, wie sich Schattenelfen zurückzogen. Alle, bis auf den einen, der die ganze Zeit über zu ihm gesprochen hatte.
„Willst du sterben? Oder hast du noch etwas zu sagen?", fragte er ruhig.
„Ich will dich von nahem sehen, Ni'yo, Sohn des Am'chur. Nur ansehen. Dann werde ich gehen."
„Komm näher."
Langsam bewegte sich der Kalesh aus dem Schutz des Unterholzes heraus, trat mit erhobenen Händen an die Feuerstelle heran. Er war von hohem Wuchs und schmaler Gestalt, mit markanten Zügen und brennenden schwarzen Augen, die das dunkle Gesicht beherrschten. Spitze Ohren ragten aus den langen, glatten weißen Haaren empor.
Er betrachtete den jungen Mann für lange Zeit, bis sich ein höhnischer Ausdruck in seine Mundwinkel grub.
„Ich verstehe", sagte er. „Jetzt verstehe ich alles. Ah, es ist ein Genuss zu sehen, wie verschlungen die Wege der Unsterblichen sind … Nun, trag ihn nach Hause, deinen Feind. Was auch immer dich mit ihm verbindet, du wirst es nicht mehr auskosten können. Auf bald, wir werden uns wiedersehen."
Ni'yo brauchte all seine Kraft, um nicht sein Schwert in die Kehle dieser Kreatur zu rammen. Voller Hass starrte er ihm hinterher, bis er tatsächlich fort war. Dann erst blickte er auf Jivvin herab.
Sein Feind war an Händen und Füßen gefesselt, zahllose Schnittwunden bildeten Muster auf seinem entblößten Leib. Keine einzige dieser Verletzungen war bedrohlich, es waren mehr die Muster selbst, die Ni'yo sorgenvoll zusammenzucken ließen: allesamt Zeichen der Kalesh, geschaffen, um Energieflüsse zu unterbrechen und Macht zu bannen.

Schnell schnitt er Jivvin los, durchwühlte das Lager der Elfen, bis er passende Kleidungsstücke fand. Dabei fiel ihm auch das Schwert seines Feindes in die Hände.
„Gut so“, murmelte er. So rasch er konnte, zog er den Bewusstlosen an, hüllte ihn zusätzlich in eine Decke, legte ihm das Schwert in die Arme und hob ihn dann hoch, als wäre er ein schlafendes Kind. Er musste Jivvin von diesem Ort fortschaffen, zu viel rituelle Macht war hier entfesselt worden. Außerdem würden die Kalesh sicher bald zurückkehren, um ihre Ausrüstung zu bergen. Ob Jivvin wirklich gebrochen war? Getrennt von Am'chur?
„Wenn das geschehen ist, werde ich dich von deinem Leid erlösen“, schwor Ni'yo leise, und schritt mit seiner Last in den Schutz des Waldes zurück.

~*~

Als er das Gefühl hatte, weit genug von dem Lager entfernt zu sein, hielt Ni'yo an und legte Jivvin zu Boden. Dabei achtete er darauf, dass das Schwert nicht herunterfallen konnte. Es war eine starke Verbindung zu Am'chur, die machtvollste, die Ni'yo hier in der Wildnis zur Hand hatte. Wenn er damit Jivvin nicht zurück in diese Welt rufen konnte, musste er so rasch wie möglich in den Tempel zurückkehren. Im Augenblick aber brauchte er selbst eine kurze Rast. Drei Tage und Nächte war er ohne Schlaf gewandert, hatte Spuren verfolgt, die in die Irre führten. Immer wieder von vorne begonnen, bis er schließlich einen Weg genommen hatte, der richtig erschien. Ob Am'chur selbst ihm diesen Gedanken eingeflüstert hatte?
Wahrscheinlich nicht. Schon, weil der Drachengott nicht zum Flüstern neigte.

Mühsam riss sich Ni'yo zusammen, er musste sich jetzt sammeln. Wahrscheinlicher war, dass die Kalesh ihm gestattet hatten, sie zu finden, um auch ihn gefangen zu nehmen.
„Am'chur, sende mir ein Zeichen", betete er halblaut. „Ist dieser Krieger, den du einst erwähltest, noch ein Am'churi? Oder konnten die Schattenelfen tatsächlich deine Bindung zu ihm zerbrechen?"
„ER IST NOCH IMMER MEIN, NI'YO. ABER DAS FEUER BRENNT NUR SCHWACH IN IHM. WILLST DU IHN RETTEN, ODER STERBEN LASSEN? BEIDES IST MÖGLICH."
Dann soll er leben, dachte Ni'yo, wissend, dass sein Gott ihn verstand. Sollte Jivvin auf irgendeine Weise fähig sein wahrzunehmen, was um ihn herum geschah, sollte er dieses Gespräch nicht mit anhörte.
„UM IHN ZU RETTEN, MUSST DU SELBST KRAFT FÜR IHN OPFERN. ER IST DEIN ERBITTERTSTER FEIND, NI'YO. SAG MIR, WARUM DU IHN LEBEN SEHEN WILLST, UND SAG DIE WAHRHEIT."
Aus dem gleichen Grund, warum ich ihn niemals nach einem Ehrenduell töte. Ein Leben ohne ihn wäre noch einsamer, als es jetzt schon ist. Ich hasse ihn, und ein Teil von mir wünscht, ihn umzubringen und niemals mehr unter ihm und seiner Verachtung, seinem Spott und den Schmerzen, die sein bloßer Anblick mir bringt, leiden zu müssen. Ein anderer Teil von mir will lieber leiden, gehasst und verachtet und gedemütigt werden, als völlig allein sein zu müssen.
„DIE GROSSMEISTER SPRECHEN ZU DIR, DU BIST NICHT ALLEIN."
Ja, wenn es sich nicht vermeiden lässt, reden sie mit mir. Sie geben mir Aufgaben, schicken mich, um ihnen zu dienen. Aber sie tun es ungern, Am'chur. Leruam ist der einzige, der mich in

seiner Nähe ertragen kann. Er bedauert mich, versucht, das vor mir zu verbergen. Sein Mitleid demütigt mich mehr als jeglicher Hass, er weiß es selbst. Darum hält auch er sich fern von mir. Am'chur, ich will Jivvin nicht verlieren, er ist mir als lebendiger Feind wertvoller als jeder Triumph, ihn endgültig besiegt zu haben. Sag mir, was ich geben muss, es sei dein.
„AUCH, WENN ES DEIN LEBEN WÄRE?“
Ni'yo zuckte kurz zusammen, doch es gab nichts zu überlegen.
Auch das. Ich schulde ihm ein Leben. Mehr sogar als das. Er schenkte mir einst Hoffnung, Würde und ein Ziel, für das es sich lohnte leben zu wollen. Diese Schuld kann ich nicht mehr begleichen.
„DER TAG MAG KOMMEN, AM'CHURI, AN DEM DU AUCH DIESE SCHULD ABTRAGEN WIRST. HEUTE WIRD KEINER VON EUCH BEIDEN STERBEN. NIMM DEIN CHI'A, UND HÖRE MIR JETZT GENAU ZU.“
Der junge Krieger lauschte aufmerksam, was sein Gott ihm auftrug, und zögerte nicht, ihm zu gehorchen.
Zuerst legte er sein Chi'a in Jivvins Arme, sodass sein Feind nun zwei Waffen trug, die Hände über beide Griffe geschlossen. Dann legte er seine Hände über Jivvins, und konzentrierte sich auf seine eigene Kraft. Mit jedem Atemzug stellte er sich vor, wie er Energie und heilende Macht in Jivvins Körper hineinfließen ließ. Dieser Teil war einfach, sein Gott leitete ihn. Die Verbindung zwischen Jivvin, Ni'yo und Am'chur war durch die beiden Schwerter gesichert. Die Gefahr lag für Ni'yo darin, dass er nicht zu viel geben durfte.
„ZIEH DICH ZURÜCK, WENN DU SPÜRST, DASS ER NACH DIR SUCHT. ER WIRD ES TUN, DIE QUELLE DER MACHT, DIE IHM HEILUNG SCHENKT, BERÜHREN WOLLEN. DAS DARF NICHT

GESCHEHEN, DU WÜRDEST DICH IN IHM VERLIEREN. JIVVIN WÜRDE LEBEN, DU ABER NIEMALS MEHR ERWACHEN, BIS DEIN KÖRPER VERFÄLLT ODER ERLÖST WIRD.“

Lange Zeit fühlte Ni'yo nichts, außer, wie seine Lebenskräfte zwischen seinen Händen versickerten. Er wusste, dass er Jivvin half, doch da war nichts, kein Zeichen, dass sein Feind noch lebte, ihn wahrnahm. Es erschöpfte ihn, war aber nicht schmerzhaft.

Aber dann war da plötzlich etwas Neues. Ein Tasten in seinem Bewusstsein, eine fremdartige Präsenz, die so anders war als Am'chur. Fremd, und doch vertraut …

Hastig fuhr Ni'yo zurück, löste dabei die Verbindung zum Kriegsgott. Sein Schwert rutschte aus Jivvins Händen, der ältere Am'churi regte sich leise. Erleichtert, doch zu Tode erschöpft nahm er seine Waffe wieder an sich, setzte sich in einigem Abstand zu seinem Feind auf den Boden und wartete. Sicher würde Jivvin gleich aufwachen. Bis dahin konnte es nichts schaden, die Augen zu schließen, sie brannten so sehr … nur einen Moment lang …

9.

Jivvin wusste, er befand nicht mehr in der Gewalt der Kalesh, als er mühsam erwachte. Er hatte Ni'yos Kampf gehört, beobachtet, wie der junge Am'churi seine Gegner täuschte und einschüchterte, bis sie freiwillig vor ihm flohen. Erst, als Ni'yo ihn von den Fesseln befreite, hatte er sich nicht mehr länger an sein Bewusstsein klammern können und war in abgrundtiefem Vergessen versunken. Wo war er jetzt? Was war geschehen? Er spürte neue Kraft in sich, und Am'churs Feuer, tief in seiner Seele.

Als er es endlich schaffte, die Augen zu öffnen, war er überrascht, wie gut er sich fühlte. Verwundert setzte Jivvin sich auf. Hatte er vielleicht mehrere Tage lang geschlafen und war deshalb so stark? Aber dann würde er sich doch eher im Tempel befinden als irgendwo in einem Wald?

Es war heller Tag, die Sonne fiel warm durch die Blätter der Bäume. Jivvin sah kein Lager, lediglich eine Decke, die unter ihm ausgebreitet war, sein Schwert, das er schon verloren geglaubt hatte – und Ni'yo, der sitzend an einem Baumstamm lehnte und schlief.

Hastig wandte Jivvin den Blick von ihm ab, er fürchtete, ihn dadurch zu wecken. Im Augenblick war er nicht bereit für den Hass und Zorn, der damit aufflammen würde, diese beiden Gefühle, die ihm vertraut waren wie sein eigener Name und die untrennbar zu Ni'yo gehörten. Oder würde es vielleicht anders sein, diesmal? Sein Feind hatte viel auf sich genommen, den eigenen Tod riskiert, nur um ihn zu retten. Ni'yo musste wirklich sehr erschöpft sein, wenn er ungewollt eingeschlafen war … Er spürte, wie der junge Am'churi zusammenzuckte und aufwachte, sah aus den Augenwinkeln die desorientierten Bewegungen.

„Guten Morgen“, murmelte er leise.
„Jivvin?“
„Wer sonst?“
Er verfluchte sich im gleichen Augenblick selbst für die unwillkürliche Reaktion. Musste er schon wieder spotten? Den Hass eigenhändig einladen? Er hatte drängende Fragen!
„Wie ich sehe, geht es dir gut“, sagte Ni'yo nach einem kurzem Moment des Schweigens. „Dann können wir ja nach Hause gehen.“
„Was ist geschehen? Warum hast du mir geholfen?“ Jivvin packte den jungen Mann am Handgelenk, als der an ihm vorbeigehen wollte, und zog ihn zu sich herunter.
„Woran erinnerst du dich denn noch?“ Ni'yo hielt den Blick von ihm abgewandt, wehrte sich aber nicht gegen die plötzliche Nähe.
Bevor Jivvin allerdings antworten konnte, riss sich Ni'yo plötzlich los und ging in Angriffsstellung, das Schwert in der Hand.
Jivvin bemerkte verblüfft, dass sein Feind eine beschützende Stellung zu ihm einnahm, offenbar entschlossen, ihn zu verteidigen. Er griff nach seiner eigenen Waffe und trat an Ni'yos Seite. Es fehlte ihm an der sonst gewohnten Kraft und Leichtigkeit, doch er würde um sein Leben kämpfen können, wenn es darauf ankam. Jetzt nahm auch er wahr, dass sich jemand näherte, ein fast unhörbares Rascheln auf dem trockenen Waldboden, zu schwer für ein harmloses Waldtier.
„Friede, Am'churi!“, hallte es plötzlich. Erleichtert ließen sie beide die Waffen sinken – es war Tamu, der zweithöchste Großmeister der Am'churi, der nach ihnen rief. Einen Moment später trat er, gemeinsam mit Leruam, zwischen den Baumstämmen hervor.

„Meister, was hat Euch aus dem Tempel geführt?", fragte Ni'yo verblüfft. Seit Jahrzehnten hatte Leruam keinen Fuß mehr auf die andere Seite des Haupttores gesetzt.

„Ihr beide", erwiderte der alte Am'churi, und begutachtete sie dabei lächelnd. Die jungen Krieger wussten, weder Jivvins Schnittwunden noch Ni'yos tiefe Erschöpfung blieben diesem Blick verborgen.

„Der Führer der Handelskarawane stand vorgestern Morgen vor dem Tor und hätte es beinahe eingeschlagen", führte er dann aus. „Er war in Todesangst, blickte immer wieder gehetzt über die Schulter und warf sich mir sogleich vor die Füße, wimmerte, dass man ihm Gnade gewähren möge … Es dauerte eine Weile, aus seinem Gestammel und den Erzählungen der anderen Händler herauszuhören, dass du, Ni'yo, ihm offenbar einen grässlichen Tod angedroht hast, sollte Jivvin von einer Horde von Schattenelfen umgebracht worden sein. Da sie sich sicher waren, dass genau das geschehen war, bettelten sie um unseren Schutz. Wir wussten immer noch nicht so wirklich genau, um was es eigentlich ging, aber sie wiederholten beharrlich den Namen *Kalesh*, und schienen überzeugt zu sein, dass Ni'yo gefährlicher und rachsüchtiger als Am'chur ist." Er zwinkerte Ni'yo zu. Überrascht starrte Jivvin seinen Feind an, erhaschte dabei den einmaligen Anblick, diesen Krieger vor Verlegenheit erröten zu sehen. „Du hast Kim'le hoffentlich nur bedroht und nichts angetan?", fragte Jivvin innerlich grinsend. Er hatte die Händler völlig vergessen, war aber nicht traurig darüber, dass sie zumindest ein wenig abgestraft worden waren. Oh ja, er hatte gesehen, wie die Kalesh Kim'le einen schweren, klimpernden Sack zugeworfen hatten, bevor die Händler geflohen waren. Diese Leute hatten ihn verkauft!

„Du kennst mich, Jivvin, ich bin durch und durch sanft“, murmelte Ni'yo. Sie lachten alle auf, und Tamu rief: „Schon gut, Jivvin, sei unbesorgt, Kim'le wird es überleben!“
„Wer sagt, dass ich das wünsche? Ich will ihn selbst aufschlitzen, diesen verlogenen Bastard, er hat mich verraten!“
Sie blieben noch eine Weile so gemeinsam sitzen. Ni'yos Schilderung über das, was nach der Flucht aus dem Lager der Kalesh geschehen war, blieb merkwürdig vage. Der junge Am'churi murmelte etwas von Meditation, und dass Am'chur eingegriffen hätte, um Jivvin zu retten. Das erklärte nicht, warum Ni'yo so bleich und erschöpft aussah, oder beständig auswich, wenn man ihm Fragen dazu stellte, aber mehr war aus ihm nicht herauszubekommen. Auf Jivvins Frage, warum Ni'yo überhaupt nach ihm gesucht und die immense Gefahr auf sich genommen hatte, ein Lager mit rund sechzig kampffähigen Kalesh anzugreifen, zuckte er nur die Schultern.
„Mir war langweilig, und ich dachte, ohne dich und deine lächerlichen Angriffe würde das Leben noch öder werden … Eines Tages werde ich dir schon noch beibringen können, wie man eine doppelt gedeckte Attacke schlägt, und dann kann ich dich in Frieden umbringen.“
Er sah dabei zu Boden, wie so meist, und ließ sich von keiner Frage weiter aus der Reserve locken.
Es war merkwürdig, wie enge Freunde zusammen zu sitzen und gemeinsam zu lachen und zu essen, was die beiden Großmeister mitgebracht hatten, als gäbe es weder Sorge noch Hass oder irgendetwas, was sie trennte. Merkwürdig, ganz gewiss. Aber auf gute Weise. Jivvin fühlte das Staunen, mit dem Ni'yo genoss, was er offenkundig seit zwei Jahrzehnten nicht mehr erfahren hatte: Teil einer Gemeinschaft zu sein, in der er ohne Bedingungen oder Einschränkung akzeptiert wurde, selbst, wenn dies nur für einen kurzen Augenblick währte. Es war

merkwürdig, dass Ni'yo dies tatsächlich zu mögen schien, statt wie sonst üblich zu fliehen und sich von allen zurückzuziehen. Und Jivvin freute sich für ihn, was vielleicht das Merkwürdigste an all dem war.

Nach dem Essen brachen sie auf, zögerlich, denn sie wollten alle vier diesen Augenblick des Friedens nicht zerstören. Aber das Unvermeidliche wartete nicht, und so gab Leruam schließlich das Zeichen zur Rückkehr.

„Orophin muss dem Tempel vorstehen, solange ich weg bin, und ihr wisst, wie nervös er ist", sagte er lächelnd. Jivvin lachte aus vollem Herzen: Orophin war innerlich in etwa so unruhig wie ein Granitblock.

„Ja, und bedenkt, wir haben ihm die Händler überlassen. Am'chur mag wissen, ob Kim'le *das* auch überleben wird!", warf Tamu ein. Diese seltsame, gelöste Stimmung hielt noch eine Weile an.

„Meister?", fragte Ni'yo irgendwann. „Was meinte der Elf damit, dass die Am'churi seinem Volk Schlimmes angetan haben? Warum wollten sie Jivvin stellvertretend für alle töten?"

Leruam seufzte. Ein Bild stieg in ihm auf, die Erinnerung an eine junge Frau, die ihm dankbar zulächelte. Eine Frau, der Ni'yo so ähnlich sah …

„Ich musste eine Entscheidung treffen und konnte nicht ahnen, welche Folgen sie haben würde. Die wahren Gründe liegen aber noch viel tiefer in der Vergangenheit, in Zeiten, die schon so lange vergangen sind, dass sich außer den Elfen nur noch die Götter selbst daran erinnern. Verzeih, aber deutlicher kann ich es dir nicht erklären. Der Tag wird kommen, an dem ihr beide mehr darüber erfahren werdet, als ich je wusste." Der junge Krieger nickte, sichtbar unzufrieden, aber er fragte nicht weiter.

Ni'yo und Jivvin waren bald ein ganzes Stück vor den Großmeistern und überschütteten sich gegenseitig mit beißendem Spott, wie man es von ihnen gewohnt war. So merkten sie nicht, dass Tamu und Leruam absichtlich weiter zurückblieben und leise miteinander flüsterten.

„Es ist alles bereit, sei unbesorgt", wisperte Tamu.

„Sie sind wahrhaftig bereit, und es wird Zeit. Wenn er noch mächtiger wird, kann niemand ihn aufhalten. Es wird für beide Zeit."

„Es stand auf Messers Schneide, nicht wahr?"

„So stand es schon immer, Tamu, schon immer ..."

Gedankenverloren beobachtete Leruam die beiden streitenden Feinde. Der Tonfall zwischen den beiden gewann an Schärfe, schon bald würde der alte Hass seine gesamte Macht zurück gewonnen haben. Der alte Meister lächelte. Ja, alles war genauso, wie es sein sollte.

10.

„Duell?“, fragte Jivvin herausfordernd. Er stand in der Tür von Ni'yos Zimmer, mit verschränkten Armen, und betrachtete seinen Feind. Einige Wochen waren vergangen seit dem unseligen Vorfall mit den Schattenelfen. Mittlerweile war es Herbst geworden, und alles war wieder wie gewohnt zwischen ihnen. Der kalte Hass, Jivvins Wut über die beständigen Niederlagen, die Ni'yo ihm einbrachte, er loderte wieder so stark wie zuvor. Kim'le und seine Männer hatten unbeschadet weiterziehen dürfen, nachdem Jivvin ihnen mehrere heilige Eide auf Balur abverlangt hatte, dass sie das Geld der Kalesh verwenden würden, um es in der nächsten Stadt dem Tempel der Nauriten zu schenken. Die Priesterschaft dieser göttlichen Zwillinge kümmerte sich um Kranke, Verletzte und geistig Verwirrte. Sie galten als unerschrockene Heiler, die sich sogar auf Schlachtfelder wagten, um Verwundete und Sterbende zu bergen. Man erkannte sie an ihren Goyan-Masken, schneeweiße Gesichtsbedeckungen, die nur die Augen frei ließen. Ob sie sich damit vor bösen Geistern, üblen Gerüchen oder möglicherweise auch Ansteckung vor Krankheiten schützen wollten, wusste niemand, der nicht zu den Nauriten gehörte.

Ni'yo nickte seinem Feind knapp zu, frühstückte aber erst einmal weiter. Er hatte sich Essen aus der Küche geholt, noch bevor irgendjemand sonst aufgestanden war. Jivvin setzte sich unaufgefordert auf den Tisch und schnappte sich ein paar Fruchtstücke aus Ni'yos Holzschale.

„Hab ich dir das erlaubt?“, fragte der jüngere Krieger mit eisigem Tonfall.

„Nein. Aber so geht es schneller voran hier!“, grinste Jivvin spöttisch.

„Hast du es so eilig, schon wieder gedemütigt zu werden?“

„So sicher, dass du unbesiegbar bist? Ein einziger Fehler reicht, und auch du musst dich beugen."
„Ja ja, und dann tötest du mich." Ni'yo gähnte gelangweilt, brachte dann hastig sein Essen in Sicherheit, als Jivvin danach griff.
„Hol dir selber was", knurrte er wütend.
„Wenn du dich aber doch so schön ärgerst ..."
„Raus hier! Ich kämpfe gleich mit dir, jetzt will ich mal ausnahmsweise essen!"
Lachend wich Jivvin dem Dolch aus, den Ni'yo nach ihm schleuderte und jedem anderen Menschen die Stirn durchbohrt hätte.

Ni'yo blinzelte, als er aus dem Haus trat. Irgendetwas war merkwürdig, es lag Spannung in der Luft, als würde sich ein Gewitter nähern. Auch Jivvin spürte es. Beunruhigt starrte er auf das Haupttor. Niemand befand sich im Innenhof, was allein schon verdächtig war. Um diese Stunde müssten sich die jüngeren Novizen hier längst versammelt haben!
„Jivvin?", wisperte er.
„Pst! Irgendetwas geht hier vor. Sämtliche Am'churi scheinen in das Heiligtum gegangen zu sein, außer uns beiden. Das goldene Tor ist verschlossen."
Ni'yo zog die Augenbrauen hoch, schwieg aber. Das goldene Tor des Tempelheiligtums wurde niemals verschlossen. Es gab Erzählungen, dass während Angriffen oder Bränden die jüngeren Drachenkrieger dort Zuflucht genommen hatten, aber nichts davon traf im Augenblick zu.
Oder doch? Aber wo waren dann die Meister, die den Tempel verteidigen sollten? Sie zuckten beide zusammen, als starke Energiewellen spürbar wurden.

Plötzlich durchlief ein Zittern die riesige Drachengestalt, die das Tor bewachte. Schreckensstarr beobachteten die beiden Am'churi, wie sie ihre Flügel entfaltete, das Gebälk knirschte unter dem Gewicht des Gottes. Noch nie war die Statue erwacht! Der gewaltige Kopf drehte sich langsam, Feuer glühte in den nun lebendigen Augen. Er schenkte den beiden Kriegern unter sich einen tiefen Blick, der sie beide bis in die Seele erschütterte. Sie sanken auf die Knie, beugten demütig die Köpfe vor ihrem Gott. Am'chur wandte sich ab und schickte mit zornigem Gebrüll einen Flammenstoß gen Himmel.
„NIEMALS BETRETEN DIE KINDER DER SCHATTEN MEINE HEILIGEN MAUERN!", grollte er.
Ni'yo und Jivvin wechselten kurze Blicke, bevor sie sich zögerlich erhoben, ihre Waffen fester packten und weiter lauschten. Sie konnten nicht sehen, was vor der Mauer geschah, mussten tatenlos abwarten.
„Gib, was uns zusteht, Am'chur!", rief eine Stimme von solch entsetzlicher Kälte wie auch Schönheit, dass sie nur einem Schattenelf gehören konnte.
„Gib, was das Gesetz verlangt und erfülle deinen Eid an Kalesh!
„JIVVIN UND NI'YO", hörten die beiden Krieger ihren Gott zu sich sprechen, *„ES GIBT EIN URALTES GESETZ, DAS MICH BINDET. ALLE DREIHUNDERT JAHRE MUSS ICH DIE BEIDEN STÄRKSTEN MEINER ERWÄHLTEN OPFERN UND SIE DEN KINDERN DER SCHATTEN ÜBERLASSEN. NIEMAND KANN EUCH ZWINGEN, ZU GEHEN, DOCH WENN IHR EUCH VERWEIGERT, DÜRFEN DIE KALESH ÜBER DIESEN TEMPEL HERFALLEN."*
„Es ist eine Frage der Ehre, dass wir gehen", sagte Jivvin stolz.

„Wenn wir freiwillig zu unseren Feinden gehen, sind wir dann auch verpflichtet, uns ihnen wehrlos auszuliefern?“, fragte Ni'yo.
„IHR MÜSST UNBEWAFFNET ZU IHNEN GEHEN UND EUCH WILLIG GEFANGEN NEHMEN LASSEN. ALLES WEITERE LIEGT BEI EUCH UND EURER KAMPFKRAFT. ICH ERWARTE, DASS IHR MIR EHRE MACHT. NIEMALS STIRBT EINER MEINER ERWÄHLTEN OHNE GEGENWEHR.“
„Das war nicht so ganz, was ich mir für den heutigen Tag vorgenommen hatte“, murmelte Jivvin, während er sein Chi'a und all seine Messer und Dolche ablegte. „Und verflucht, hätte man uns das nicht vorher mal sagen können?“ Ni'yo hörte die gleiche Angst und Wut aus diesen Worten heraus, die er selbst zu verbergen suchte.
„DIE ERWÄHLTEN MÜSSEN GEHEN, OHNE SICH VORZUBEREITEN. DIES IST TEIL DES RITUALS. SIE DÜRFEN NICHT WISSEN, WAS GESCHEHEN WIRD.“
„Lass uns abwarten, was der Tag noch bringt. Ich hatte wirklich nicht vor, ausgerechnet zusammen mit dir umgebracht zu werden.“ Mit diesen Worten trat Ni'yo auf das Haupttor zu, das sich ohne sein Zutun vor ihm öffnete. Gemeinsam mit seinem größten Feind trat er hinaus, auf das versammelte Heer der Schattenelfen zu. Es mussten mehr als tausend sein, die hier stumm auf sie warteten – gemeinsam mit Leruam.
„Meister? Aber …“, stammelte Jivvin.
„Es ist mir nicht gegeben, euch zu erklären, was ihr nicht wissen dürft“, sagte Leruam. Er lächelte, doch aus seinem starren Blick sprachen Trauer und tiefes Bedauern. „Ich kann euch nicht ersparen, was euch erwartet. Ich muss euch ohne Trost und mit leeren Worten gehen lassen. Dies ist mein

Schicksal, so wie es das eure ist, für Am'chur zu kämpfen und zu sterben, sollte es sich so fügen." Er trat zur Seite und schuf so Platz für die Elfen, die nun wie eine dunkle Flut auf die beiden Krieger niedergingen. Ni'yo stand still. Der Verrat des Großmeisters traf ihn noch härter als der seines Gottes.

„Am'chur, ist jemals einer derjenigen, die sich opfern mussten, heimgekehrt?", dachte er panisch. Dutzende Hände griffen nach ihm, fesselten ihn an Armen und Beinen, egal wie sehr er sich zu wehren versuchte. Eigentlich hatte er die Gefangennahme stumm ertragen wollen, doch es war unmöglich. Todesangst ließ ihn schreien, um sich schlagen – vergebens. Er hörte Jivvins Kampf und Niederlage, dicht an seiner Seite. Scharfe Klingen schnitten oberflächlich in die Haut seiner Armbeugen, jemand träufelte brennende Flüssigkeit in die Wunden. Ni'yo fand sich am Boden wieder, Staub drang über seine Lippen in Mund und Nase. Das Lachen seiner Feinde trieb ihn noch einmal zum Widerstand, doch die Fesseln schnitten in seine Haut, und sein Körper versagte ihm den Gehorsam.

„SOLLTE DIES JEMALS GELINGEN, WIRD DIESES GESETZ UNWIRKSAM", grollte der Gott in sein schwindendes Bewusstsein. Ni'yo wusste nicht, welches Gift in seinen Adern pulsierte, doch es raubte ihm alle Kraft. Er hörte die Kalesh lachen, hörte das schmerzerfüllte Stöhnen seines Schicksalsgefährten, spürte, wie man ihn gemeinsam mit Jivvin packte und fortschleifte. Dann wusste er nichts mehr.

11.

Schreie.
Es dauerte lange, bis Ni'yo verstand, dass diese Schreie kein Teil seiner fiebrigen Träume waren, sondern zur Wirklichkeit gehörten. Noch länger dauerte es, bis er sich erinnerte, warum die Welt sich viel zu schnell drehte und sein gesamter Körper vor Schmerzen glühte. Mühsam schlug er die Augen auf und versuchte zu verstehen, was er nun sah: Dunkle Gestalten wimmelten um ihn herum, viel zu schnell, um sie erkennen zu können. Ni'yo blinzelte einige Male, und begriff, dass es sich um Wölfe handelte, die hinter Schattenelfen herjagten. Stöhnend setzte er sich auf, was auf Grund seiner Fesseln schwierig war, und beobachtete staunend den Kampf. Sämtliche Elfen waren in Aufruhr, verwandelten sich beständig in Schatten, versuchten, den schier unglaublichen Massen von riesigen Wölfen Herr zu werden. Trotz der Fähigkeiten der Kalesh schien der Kampf ausgeglichen, immer wieder gelang es den Wölfen, ihre Gegner niederzureißen. Rasch wurde dem jungen Krieger klar, dass dies keine normalen Tiere sein konnten. Sie waren zu groß, zu schnell, attackierten zu intelligent. Wenn ein Elf zum Schatten wurde, wichen sie ihm mühelos aus und beachteten ihn erst wieder, wenn er zurückkehrte. Das waren Wolfswandler – die Kinder Murias. Die göttliche Schwester von Am'chur lag eigentlich nicht im Streit mit den Schattenelfen, hatte aber offenbar beschlossen, in diesem Fall einzugreifen ... Oder aber die Wölfe handelten aus eigenem Antrieb.
Ni'yo fuhr zurück, als eine Wölfin direkt vor ihm auftauchte, grollend nach seinen Füßen schnappte. Ihr gewaltiger Kiefer verletzte ihn jedoch nicht, sondern zerriss seine Fesseln. Sie sprang um ihn herum, befreite auch seine Hände.

„Danke!“, flüsterte Ni'yo, suchte den Blick der Wolfswandlerin. Er erkannte sie nicht, dennoch spürte er genau, wen er vor sich hatte. Niemals hätte er geglaubt, noch einmal seiner jüngeren Schwester begegnen zu dürfen, er hatte sie für tot gehalten! Sie fixierte ihn unbewegt, winselte dabei leise, bis er ihr zunickte. „Danke, Lynea. Bring dich in Sicherheit, die Schattenelfen werden zurückschlagen, sobald sie sich gesammelt haben.“ Schwankend kam er auf die Beine, wich einer Gruppe Elfen aus, die von mehreren Wölfen eingekreist worden war. Jivvin war nirgends zu sehen, wie er erst jetzt bemerkte. So schnell seine vom Gift geschwächten Muskeln es zuließen, versuchte er, einen Weg in die Freiheit zu finden. Der gesamte Wald schien lebendig geworden zu sein, denn überall lauerten Elfen, sprangen Wölfe aus den Schatten hervor. Die Kinder Murias befanden sich allerdings schon wieder auf dem Rückzug, heulend und grollend standen sie sich gegenseitig bei, lösten sich aus den Gefechten und verschwanden zwischen den Bäumen. Hoffentlich waren ihre Verluste nicht zu groß! Ob sie wirklich nur seinetwegen angegriffen hatten?
„Flieh, Bruder, lass unser Opfer nicht umsonst gewesen sein! Ich weiß nicht, warum die Kinder des Kalesh dich hassen, flieh, bevor sie dich töten!“ Lynea stand hinter ihm. Sie hatte sich verwandelt: Langes, silberglänzendes Haar fiel über ihre bloßen Schultern, sie musterte ihn prüfend aus bernsteinfarbenen Augen. Er hatte sie zuletzt gesehen, als sie noch fast ein Säugling gewesen war, ein wildes kleines Mädchen, das schon mit Wölfen gespielt hatte, als es kaum laufen konnte. Neunzehn Jahre lang hatte er sie vermisst, und nun blieb keine Zeit für Worte. „Deine Witterung führte mich zu dir. Wenn du überlebst, werde ich dich wiederfinden.“ Sie sank in sich zusammen, Pelz überzog ihr Gesicht, ihren Körper, die

Gliedmaßen streckten und krümmten sich, bis sie wieder ein Wolf geworden war. Nur Augenblicke später war sie in den Schatten der Bäume verschwunden, gemeinsam mit ihren Gefährten. Die Elfen folgten ihnen nicht.

Dafür suchten sie nach ihrem verlorenen Gefangenen, wie Ni'yo allzu rasch klar wurde. Sie umringten ihn zu Dutzenden. Jeder Gedanke an Flucht war aussichtslos. Wütend auf die Elfen, denen er nicht entkommen konnte, auf Am'chur, der aus irgendeinem Grund Schuld an diesem ganzen Elend trug, auf Leruam, der ihn nicht vorgewarnt hatte, auf Jivvin, der einfach nicht hier war, wenn man ihn schon einmal brauchte, und am allermeisten auf sich selbst, stellte sich Ni'yo dem Kampf. Drachenwut pulsierte in seinen Adern, er spürte die Verwandlung und begrüßte sie wie niemals zuvor. Sein warnendes Raubtiergrollen hielt die anrückenden Elfen auf Abstand. Seine Hände wurden einmal mehr zu tödlichen Pranken. Er wuchs, und wurde so stark, wie nur ein Halbdrache es sein konnte. Wie gerne hätte er jetzt noch Flügel gehabt, dann würde er allen Feinden davonfliegen!
„Du kannst nicht entkommen, Am'churi!", lachte einer der Elfen. „Du wirst sterben, genau wie dein Feind!"
Ni'yo erkannte den Kalesh, der bereits vor einigen Wochen zu ihm gesprochen hatte. Unzählige Fragen schossen ihm durch den Sinn, doch für keine von ihnen war jetzt die richtige Zeit – die Elfen griffen an. Sein deformierter Kiefer erlaubte zwar tödliche Bisse, verhinderte jedoch jegliche Sprache. Kreischend vor Zorn schlug er um sich, fegte dutzende Angreifer aus dem Weg und rannte, schneller und ausdauernder als jeder Mensch. Er spürte die Kalesh im Nacken, die ihm in Schattengestalt folgten. Winzige Pfeile schlugen in seinen Körper ein, kaum länger als ein menschlicher Daumen. Winzig genug, um unter

seine Schuppen gleiten und ihn verletzen zu können. Ni'yo rannte noch schneller, überwältigte einige der Elfen, die nach ihm greifen wollten, zerbrach die Krummsäbel seiner Feinde. Er wusste, es war Lähmungsgift in den Pfeilen, dem er auch mit Drachenwut nicht entkommen konnte. Doch er kämpfte, bis er sich am Boden wieder fand und kein Muskel mehr gehorchen wollte. Keuchend rang er um Atem, als das Gift ihn völlig überwältigte und die Kraft des Gottes ihn verließ. Warum verwandelte er sich nicht vollständig? In den letzten Augenblicken vor dem Tod gewährte Am'chur seinen Erwählten doch die Möglichkeit, zum vollkommenen Drachen zu werden und die Feinde mit sich in die Ewigkeit zu nehmen!

„DIESMAL NICHT, NI'YO", grollte Am'chur, und verließ ihn.

„Atmet er noch?", zischte ein Elf über ihm. Ni'yo konnte ihn nicht sehen, obwohl seine Augen weit aufgerissen waren. Die Welt versank in Schatten und Schleiern. Panisch wurde ihm bewusst, dass er weder ein- noch ausatmen konnte und am ganzen Körper gelähmt war.

„Kaum noch, er hatte zu viel. Hol das Gegengift, wir brauchen ihn!"

Ni'yo konnte weder sehen noch spüren, was die Elfen mit ihm anstellten, er wusste nur, dass unzählige Hände ihn grob durchschüttelten und er nach qualvollen Momenten des Erstickens wieder Luft bekam.

„Falls du mich hörst, Am'churi: Das war deine letzte Gelegenheit zur Flucht gewesen. Wir lassen dich nicht mehr erwachen, bis wir in den Hochebenen angelangt sind. Dort wirst du deinem Feind begegnen, wir wussten schon, warum wir euch getrennt haben! Also, träume von einer besseren Welt, Drachenkrieger. In dieser hier wartet nur noch Schmerz und Tod auf dich."

Diese Worte begleiteten Ni'yo in die Dunkelheit, doch sie quälten ihn nicht halb so sehr wie das Gefühl von Verrat und Einsamkeit, nachdem sein eigener Gott ihn zurückgelassen hatte.

12.

Jivvin unterdrückte den Schmerzensschrei, als das Seil sich spannte, das durch seine Handschellen gezogen worden war. Einen Moment später hing er unter der Decke des Verlieses, in das ihn die Elfen getragen hatten. Sie befanden sich irgendwo im Land der tausend Flüsse, in einer halbverfallenen Burg, die Menschen vor langer Zeit aufgegeben haben mussten. Es war seine Heimat, hier war er geboren worden. Diese Ruine kannte er allerdings nicht. Warum die Kalesh ihn hierher gebracht hatten, war ihm ein Rätsel, sie hatten ihn während des wochenlangen Marsches hierher kaum aufwachen lassen, keine seiner Fragen beantwortet. Nur selten hatten sie ihm Essen oder Wasser vergönnt. Entsprechend geschwächt war er, noch teilweise gelähmt und seine Sicht vernebelt. Dennoch glaubte er, sich den Weg durch die unterirdischen Tunnel gemerkt zu haben. Er wusste sogar, in welche Zelle man Ni'yo gebracht hatte.

Warum nur sind wir hier? Wenn wir geopfert werden sollen, warum hat man uns nicht in die Hauptstadt der Kalesh gebracht, wo auch immer die liegen mag? Warum hat uns niemand vorher etwas von diesem Gesetz verraten, und was hat es damit auf sich?

„Am'churi, kannst du mich verstehen?"

Ein Elf trat vor Jivvin, riss seinen Kopf an den Haaren hoch.

Jivvin rollte nur die Augen, zu mehr fühlte er sich im Augenblick nicht fähig.

Wenn ich nicht gelähmt wäre, würde ich dir das Grinsen aus dem Schädel treten, dachte er.

„Wie ich sehe, bist du wach. Kannst du reden?" Der Kalesh sprach mit gelangweilter Sachlichkeit, die für Jivvin beunruhigender war als offene Brutalität oder Hass. So jemand war schwerer zu manipulieren, seine Reaktionen nicht leicht einzuschätzen. Jivvin war sich beinahe sicher, diesen Elf zu erkennen – der war doch schon bei dem ersten Angriff auf ihn dabei gewesen?

„Kannst du reden?“ Der weißhaarige Elf schlug ihm mit der flachen Hand ins Gesicht, was nicht allzu sehr schmerzte, aber umso demütigender war.

„Ich kann es, aber ich habe dir nichts zu sagen“, presste Jivvin mühsam hervor. Es war schwierig, in dieser Haltung tief genug einzuatmen, um sprechen zu können.

„Das ist bedauerlich, war aber zu erwarten. Wir werden Möglichkeiten finden, deine Zunge zu lösen, nicht wahr? Ich will, dass du um Gnade und Vergebung für alles bittest, was die Söhne Am'churs wie auch euer Gott selbst unserem Volk jemals angetan hast. Du und der andere Krieger, ihr werdet stellvertretend für alle sterben.“

„Sterben werde ich. Um Gnade bitten niemals. Und Vergebung – ich wüsste nicht wofür. Ich weiß von keinem Vergehen gegen die Kalesh.“

„So ist das also, Am'chur hat euch unwissend gehalten?“ Der Elf lachte kalt. „Aber Unwissen schützt dich nicht, Drachenkrieger. Betteln wirst du, bevor dein Ende kommt!“

Jivvin wappnete sich für den Schmerz der Folter. Ein Glück, dass er noch geschwächt von dem Gift der Betäubungspfeile war, lange würde er nicht standhalten, ohne das Bewusstsein zu verlieren. Er stöhnte unterdrückt, als der erste Peitschenhieb zwischen seinen Schulterblättern landete, brennende Schmerzen sich über den gesamten Rücken ausbreiteten. Hoffentlich dauerte es nicht zu lange …

~*~

Wenn ich ihn dazu bringe, mich schwer zu verletzen, lässt man mich vielleicht mit geringer Bewachung zurück und ich kann fliehen, dachte Ni'yo. Ein absurder Gedanke, doch er sah keine andere Möglichkeit mehr. Er unterdrückte die Angst, die in ihm wütete, den Schmerz, den allein schon die Eisenfesseln verursachten. So von der Decke herabzuhängen war schon fast Folter genug, wenn es nur lange genug andauerte; er konnte kaum atmen. Der Elf , der hinter ihm an einem Tisch stand, ließ sich absichtlich Zeit, sortierte sich durch seine Instrumente, um die Nerven seines Opfers zu zerrütten. Offenbar besaß er damit Erfahrung.
„Willst du nicht doch lieber gleich um Gnade flehen? Du weißt, dass jeder Mensch unter der Folter zerbricht. Erspare dir die unendlichen Qualen, sei vernünftig!", sagte der Schattenelf. Der höhnische Unterton enthüllte die Lüge in diesen freundlichen Worten. Er wusste genau, kein Am'churi würde freiwillig seine Ehre aufgeben. Ni'yo sparte sich die Antwort, es war sinnlos, kostbaren Atem zu verschwenden!
Er hörte, wie der Kalesh seine Wahl traf.
Schwer, lang. Eine dreigliedrige Lederpeitsche? Oder vier Riemen?
Intensiv lauschte Ni'yo auf das Klicken der Metallkugeln, die das jeweilige Ende der Peitschenriemen beschwerten. *Drei. Eindeutig. Kein Spielzeug, es soll schnell gehen.*
Es würde vermutlich nicht schwer sein, den Elf davon zu überzeugen, ein wenig heftiger als notwendig zuzuschlagen. Ni'yo sammelte all seine Kraft, seinen Mut, atmete tief ein. Wenn er es schaffte, regelmäßig zu atmen, dann konnte er das hier überstehen.
Wenn …

Die Peitsche sirrte durch die Luft. Ni'yos angespannte Sinne wussten im Voraus, wann und wo sie aufschlagen würde. Er zwang seinen Körper, ruhig zu bleiben, atmete aus, als der Hieb seinen Rücken traf, die Wucht ihn pendeln ließ. Er schnaufte leicht, zeigte aber sonst nichts von seinem Schmerz.

Am'chur, das wird hart!

In rascher Folge prasselten mehrere Schläge auf ihn nieder, zerrissen seine Haut, brachten ihn beinahe um den ruhigen Atemrhythmus. Weißglühende Qual breitete sich über seinen ganzen Körper aus, ließ sein Herz rasen, verbrannte ihn von außen nach innen. Es kostete ihn mehr, als er besaß, um äußerlich unbewegt zu bleiben.

„Tapfer bist du, Am'churi", gestand der Elf ihm nach einer Weile widerwillig zu. „Nutzen wird dir das nicht. Auch deine Vorgänger waren mutig und tapfer. Am Ende haben sie jedoch alle geschrien und um Vergebung gebettelt."

„Vergebung wofür?", flüsterte Ni'yo mühsam.

„Für den Verrat eures Gottes!"

„Davon weiß ich nichts."

„Du wirst verstehen lernen, solltest du nachher noch leben", lachte der Elf, und schlug so heftig zu, dass Ni'yo es krachen hörte – das war wohl eine Rippe gewesen.

Soweit, so gut. Jetzt nur noch überleben … das könnte schwierig werden …

~*~

„Hat er etwas gesagt?" Ilanrin, der Sippenälteste der Schattenelfen, betrachtete die blutüberströmte Gestalt des jungen Am'churi. Die mühsamen Atemzüge des Bewusstlosen waren deutlich zu hören, ein langsames, qualvolles Röcheln.

„Kein Laut. Er hat nicht einmal geschrien."

„Lass dich nicht täuschen, Nikuri. In ein paar Stunden wird er besser aussehen, diese Drachenkrieger heilen schnell. Lasst ihn da hängen, ich will nicht riskieren, dass er fliehen kann, nur weil wir ihn für zu schwer verletzt halten."
„Ja, Herr. Es ist alles bereit, wir können jederzeit beginnen."
Damit verließen die beiden das Verlies und schlossen die Tür hinter sich ab.

Ni'yo seufzte innerlich, er hatte jedes Wort gehört. Zweifellos hatten die beiden absichtlich seine Sprache verwendet, damit er sie auch verstand.
Verloren …
Er hatte alles riskiert und nichts gewonnen. Noch einmal würde er diese Tortur nicht überleben, es war noch nicht einmal völlig sicher, dass er diese hier überstehen konnte. Nun, besser ein schneller Tod als in Schande zu leben! Besser zu sterben, bevor er zerbrach und um Vergebung für etwas flehte, was er nicht getan hatte. Hoffentlich durfte er hier sterben, allein, ohne dass Jivvin ihn noch einmal sah …

Jivvin wusste nicht, wie viel Zeit vergangen war, als man ihn endlich herunterließ. Er ließ sich im Griff der Elfen hängen, gab sich viel schwächer, als er war. Sie zogen ihm ein Hemd aus dunkel gefärbter, grober Wolle über, das auf seinem wunden Rücken scheuerte. Dann schleiften sie ihn rücksichtslos aus dem Verlies, in einen Raum, in dem sich mindestens zwanzig Kalesh versammelt hatten. Mehrere Elfen bewachten die einzige Tür. Der weißhaarige Kalesh wartete ungeduldig, Jivvin spürte die wachsame Unruhe, mit der ihm alle begegneten.
Sie fürchten mich … das sagt viel darüber aus, was sie tatsächlich über Am'churi wissen. Zu viel … normalerweise fürchten sie uns, so lange wir aufrecht stehen, und halten uns

für besiegt, wenn wir Schwäche zeigen. Was haben die jetzt vor?

Seine Wächter zwangen ihn auf die Knie. Weitere Bewaffnete betraten den Raum und schleiften eine regungslose Gestalt heran. Jivvin erkannte seinen langjährigen Feind beinahe nur an den schwarzen Haaren, noch nie hatte er gesehen, dass Ni'yo sich willenlos wie eine Puppe herumstoßen ließ. Sie zwangen den jüngeren Krieger direkt neben ihm zu Boden, mussten ihn festhalten, damit er nicht zusammensank. Stöhnend wehrte sich Ni'yo gegen seine Wächter, doch ohne jede Kraft.

„Zuerst die Arme! Nicht nachlassen, lasst euch nicht von ihnen täuschen. Das sind immer noch gefährliche Bestien!" Die Mahnung des Elfen war unnötig, alle Kalesh hatten die Krummsäbel erhoben, die Anspannung war ihnen von den Gesichtern abzulesen.

„Kannst du fliehen?", wisperte Jivvin, ohne die Lippen zu bewegen, so leise, dass er sich selbst kaum hörte. Doch es hatte gereicht: Ni'yo warf ihm einen kurzen Seitenblick zu, ohne den Kopf zu wenden, und nickte kaum merklich. Er sah aus der Nähe noch schlimmer aus: wachsbleich, das schmale Gesicht von Schweiß bedeckt. Sein Blick flackerte unruhig.

„Auf die Füße mit euch!"

Jivvin spürte kaum, dass man ihn grob hoch zerrte, er war zu sehr damit beschäftigt, Ni'yo zu beobachten. Der junge Krieger sah nicht so aus, als würde er einen Kampf und anschließende Flucht überstehen. Verfluchte Kalesh, warum konnten sie ihre stumpfen Messer nicht herunternehmen? Jivvin könnte sich freikämpfen, wenn er nur sein Chi'a hätte, oder es etwas weniger Bewaffnete wären … Wenn Ni'yo mithielt, könnten sie es gemeinsam versuchen.

Wenn …

„Lass dich fallen“, flüsterte Jivvin, als Ni'yo gegen ihn geschubst wurde. Gehorsam sank der Am'churi in die Knie, schrie auf, als ein Wächter ihm ins Gesicht schlug und dann zurück an Jivvins Seite zwang. Ni'yo konnte also auf Befehle reagieren. Viel mehr brauchte es nicht!
Zwei Kalesh packten sie, zerrten Ni'yos rechte und Jivvins linke Hand vor.
„Zuerst den Größeren, vorwärts!“ Eine enge Eisenschelle wurde um Jivvins Handgelenk gelegt und mit einem seltsamen Stift aus Metall gesichert. Es klickte mehrmals laut, als irgendein raffinierter Mechanismus einrastete. Das Gleiche geschah mit Ni'yos Hand. Beide Schellen waren mit einer äußerst dicken und sehr schweren Kette verbunden, vielleicht einen Viertelschritt lang. Sie waren nun aneinander geschmiedet, zwar bewegungsfähig, aber nur, wenn sie gemeinsam handelten.
„Diese Kette ist unzerbrechlich, und das Schloss der Handschellen kann nur noch ein Schmied aufbrechen, es sei denn, man hat den richtigen Schlüssel zur Hand“, erklärte der Elf. „Wir haben nicht vor, uns mit euch zu sehr abzumühen. Ihr beide dürft euch gegenseitig bekämpfen, bis ihr so schwach seid, dass ihr alles tut und alles sagt, nur, um endlich sterben zu dürfen.“
Viele Elfen ließen ihre Waffen sinken.
„Nicht, ihr Wahnsinnigen, erst müssen sie an Füßen und Hälsen gesichert sein!“, begann der Sippenälteste wütend.
Zu spät.
„KRY!“, brüllte Jivvin in der geheimen Sprache der Am'churi und stieß sich gleichzeitig mit Ni'yo vom Boden ab. Er war zutiefst erleichtert, dass sein Feind sich tatsächlich mit ihm bewegte. Sie katapultierten sich aus dem Stand in die Höhe, sprangen durch die Lücke, die von den unachtsamen Kalesh gelassen worden war.

„Jeturra!“, rief Ni’yo. Sie rollten über den Boden ab, auf die offene Tür zu. Er schlug den linken Wächter nieder, und Jivvin erledigte die beiden anderen, die noch gar nicht begriffen hatten, was auf sie zukam.
„’nock!“, befahl Jivvin. Gemeinsam rannten sie los, Seite an Seite, den rechten Gang hinab. Hinter ihnen brüllten aufgescheuchte Elfen wütende Befehle, die einander widersprachen. Die beiden Am’churi kümmerte das wenig.
„Kry!“ In einer einzigen fließenden Bewegung flogen sie durch die Luft, sprangen mit den Füßen voran gegen die Holztür, die vor ihnen auftauchte. Sie krachte aus den Angeln, was Ni’yo kurz aus dem Gleichgewicht brachte, doch Jivvin fing ihn ab, zog ihn weiter, bis sie wieder im Gleichtakt liefen.
Der dunkle Innenhof war so gut wie verlassen, nur zwei einsame Wächter lehnten an dem Haupttor. Es war verschlossen und mit mehreren schweren Balken gesichert. Die bloßen Füße der Am’churi erzeugten keinerlei Geräusch auf den Steinplatten, obwohl sie in voller Geschwindigkeit rannten. Die Elfen wussten nicht, was sie traf, sie fielen ohne Gelegenheit zum Kampf zu Boden. Hastig rissen Ni’yo und Jivvin die Waffengürtel der beiden Kalesh an sich. Zwar waren die Krummsäbel für sie nur lächerliche Metallstäbchen, kaum geeignet, um Kohle zu schüren, die beiden Messer und der Dolch, die noch mit zum Gurt gehörten, nur armselige Zahnstocher. Doch besser das als gar keine Waffen. Nur wenige Augenblicke, dann hatten sie sich beide die Gürtel umgelegt und nickten einander zu.
„Kry!“, schrien sie gleichzeitig, sprangen so hoch sie nur konnten, landeten anmutig auf dem zweiten Torbalken. Nur Jivvin wusste, wie Ni’yo sich sonst zu bewegen verstand, mit einer kraftvollen Eleganz, die selbst Raubkatzen noch

beschämen konnte. Er spürte, in welch großen Schwierigkeiten der junge Krieger tatsächlich stecken musste.
„Kry!“ Als wäre es ebene Erde statt nur eines handbreiten Holzstücks, mehr als zwei Schritt über dem Boden, stießen sie sich ab, überschlugen sich in der Luft und erreichten auf diese Weise den Mauerwehrgang, gerade als die ersten Verfolger in den Hof gerannt kamen. Ni'yo strauchelte, beinahe wäre er gestürzt und hätte Jivvin mit sich in die Tiefe gerissen. Zum Glück hatte der ältere Am'churi jede Bewegung seines Feindes beobachtet, auf der Hut vor genau solchen Unfällen, und stützte ihn rasch ab.
Pfeile zischten um ihre Köpfe, als sie auf der anderen Seite des Tores hinab sprangen und lautlos in der Dunkelheit verschwanden.

13.

Mit jedem Schritt, der sie tiefer in den Wald hineinführte, wuchs die Anspannung zwischen ihnen. Ni'yo war sich nur zu sehr bewusst, welche Gefahr diese Situation wirklich bedeutete. Entweder sie arbeiteten zusammen, und das für viele Tage und Nächte, bis sie etwaige Verfolger abgeschüttelt und ein Dorf mit einem fähigen Schmied gefunden hatten, der ihre Fessel zerstören konnte. Oder aber sie würden sich bekämpfen, und der Überlebende – sofern es einen gab – befreite sich gewaltsam von seinem Feind. In den letzten Jahren hatte ihr glühender Hass sich soweit abgekühlt, dass sie auf verständige, beinahe gelassene Art miteinander umgehen konnten. Jeder kannte seinen Platz: Ni'yo war der Ranghöhere, der bessere Kämpfer, Jivvin sein Rivale. Im Augenblick waren alle Regeln aufgehoben. Keine Tempelgesetze, die sie schützten. Nur das Recht des Stärkeren, mit allen Mitteln zu überleben.
Jivvin schien mit seinen Überlegungen am gleichen Punkt angelangt zu sein, denn er blieb unvermittelt stehen.
„Lass uns versuchen, ob diese Kette wirklich unzerbrechlich ist", schlug er vor.
Froh über die Gelegenheit, seinen unendlich müden, gepeinigten Körper ausruhen zu lassen, stimmte Ni'yo zu und setzte sich neben seinen Feind auf den Boden. Gemeinsam studierten sie in dem schwachen Licht des Mondes zuerst die Schlösser, konnten jedoch die Funktionsweise der Metallstifte nicht enträtseln. Jivvin zog schließlich seinen erbeuteten Dolch und wies auf Ni'yos Hand. „Darf ich? Bei mir selbst werde ich es nicht schaffen", sagte er. Ni'yo betrachtete ihn misstrauisch – es war keine kluge Idee, seine Waffenhand an den Todfeind

auszuliefern, wenn dieser einen Dolch hielt und nichts weiter zu tun brauchte, als sich mit einem kurzen Gewaltakt zu befreien…

„Ich schwöre bei Am'chur, ich will nur das Schloss knacken. Wenn es dich beruhigt, zieh dein Messer und räche dich für jeden Kratzer, den ich in dich ritze", knurrte Jivvin ungeduldig.

Immer noch zögernd ergriff Ni'yo eine der Klingen mit der Linken und bot dann seine gefesselte Hand dar. Gewiss, es war nicht anzunehmen, dass Jivvin zustach. Er konnte nicht wissen, wie verletzt sein sonst so schneller Feind wirklich war. Oder doch? Sofort versuchte Ni'yo, sich noch aufrechter zu halten, ruhig und entspannt zu wirken und all seine Sinne auf Jivvin zu richten.

Lange Momente verstrichen, in denen nur metallisches Klirren und gelegentliche Flüche des älteren Kriegers zu hören waren, der in dem Schloss stocherte. Mehrmals rutschte er ab, fügte Ni'yo dabei oberflächliche Schnitte zu, was jedes Mal höchste Anspannung bei beiden zur Folge hatte.

„Ich gebe auf", murrte Jivvin schließlich. „Vielleicht komme ich bei Tageslicht weiter, aber ich glaube, dieses Schloss ist wirklich nicht zu knacken. Willst du es bei mir versuchen?"

„Nein." Ni'yo schüttelte den Kopf. Er kühlte langsam aus, diese Herbstnacht war feucht und alles andere als angenehm, auch wenn es zum Glück noch nicht fror. „Ich kann mit der Linken schreiben und kämpfen, aber nicht malen. Also sollte ich darauf verzichten, an einem Kunstwerk der Mechanik herumzupfuschen, oder?"

Sie maßen einander mit misstrauischen Blicken, bis sie schließlich gleichzeitig ihre Waffen einsteckten.

Ni'yo hob die Kette ins Mondlicht. Sie war ungewöhnlich schwer, jeder einzelne Gliederring mindestens drei Fingerbreit

dick. Es war überflüssig, einen Versuch zu starten sie zu zerbrechen.
„Was für eine Kette, damit könnte man Am'chur selbst noch binden", murmelte er.
„Stell dir vor, sie hätten ihr Werk vollendet und uns drei davon angelegt, bevor sie uns aufeinander gehetzt hätten."
„Aber warum nur? Zu welchem Zweck?"
Diese Frage hing eine Weile lang zwischen ihnen, während sie beide stumm vor sich hinbrüteten.
„Einer sagte zu mir, dass man uns wohl mit Absicht unwissend gehalten hat", sagte Jivvin. „Das kann ja nur bedeuten, dass dieses Wissen, warum das alles geschieht, wichtig ist."
„Lass uns weitergehen", seufzte Ni'yo. Wenn er noch länger auf dem kalten Boden saß, würde er sich gar nicht mehr bewegen können. Auch so fiel es ihm schon schwer genug, noch wach zu bleiben. Die Kalesh verfolgten sie zudem sicherlich. Sie konnten sich nicht voneinander befreien, und Antworten würden sie hier auch nicht finden.
An den verlangsamten, steifen Bewegungen seines Feindes war ersichtlich, dass auch Jivvin Schwierigkeiten hatte, gewiss hatte man auch ihn ausgepeitscht. Ni'yo wusste nicht, wie schwer, aber vermutlich hart genug, um einen Am'churi an die Grenzen zu treiben.
Eine Weile lang liefen sie nebeneinander her. Ni'yos Welt bestand längst nur noch aus rot glühenden, vernichtenden Schmerzwellen, die in regelmäßigen Abständen sein Bewusstsein überrollten, das sich von seinem Körper getrennt hatte. Seine Beine bewegten sich ohne sein Zutun, er würde laufen, bis er tot zu Boden fiel – eher das, als vor Jivvin zuzugeben, dass er am Ende seiner Kraft war. Wozu dem Feind auch noch die Gelegenheit geben, ohne Furcht angreifen zu können?

Jivvin hörte an Ni'yos schweren, unregelmäßigen Atemzügen, dass sich der Zustand seines unfreiwilligen Schicksalsgefährten zunehmend verschlechterte. Auch er litt unter den Schmerzen der Folter, dem Betäubungsgift, das viel zu lange in seinem Körper gewütet hatte. Den langen Stunden, die er unter der Decke gehangen hatte, den Anstrengungen der Flucht und nicht zuletzt an Hunger und unerträglichem Durst. Ihm war klar, dass Ni'yo eher stillschweigend sterben würde, bevor er eine Rast verlangte. Es lag an ihm, dem Rangniedrigeren, so etwas zu erbitten. Alles in ihm wehrte sich gegen eine solche Selbstdemütigung, aber es war sinnlos, dass sie sich hier mit ihrem Stolz beide umbrachten.
Er sah etwas aus den Augenwinkeln glitzern, und steuerte ohne zu zögern darauf zu.
„Hey!“, ächzte Ni'yo, der dem Richtungswechsel nicht gefolgt war. Die Kette spannte sich, schmerzhaft riss die Eisenschelle an Jivvins Hand.
„Pass doch auf!“, brummte er, zerrte den strauchelnden Krieger hinter sich her. „Da vorne ist Wasser, ich hab Durst.“ Er überwand sich innerlich, ballte die Fäuste und presste schließlich hervor: „Und danach sollten wir vielleicht ein oder zwei Stunden schlafen.“
Der erwartete Spott blieb aus. Ni'yo knurrte etwas, das nach Zustimmung klang. Jivvin wusste nicht, ob er deswegen besorgt oder zufrieden sein sollte. Der Durst gewann.
Das Glitzern entpuppte sich als kleiner Tümpel, in dem sich Mondlicht spiegelte. Das Ufer war abschüssig und durch glatte, moosbewachsene Steine schwer zugänglich. Nur an einer Stelle war es flach genug, dass ein Mann niederknien und trinken konnte – der jeweils andere musste dieser Bewegung folgen, ohne selbst an das Wasser gelangen zu können. Die beiden

Krieger verharrten unschlüssig, keiner war sich sicher, ob er den Anfang machen sollte.
„Du zuerst“, zischte Ni'yo schließlich gereizt. „Du hast ihn gefunden.“
Langsam ließ sich Jivvin auf die Knie nieder, beobachtete seinen Feind dabei unablässig. Wenn er sich jetzt zum Wasser hinab beugte, wäre das eine einmalige Gelegenheit für Ni'yo zuzuschlagen …
„Mach schon! Mir steht nicht der Sinn nach Kämpfen!“ Ni'yo riss sich den Waffengürtel herunter und warf ihn auf Jivvins Seite.
„Du könntest mir in den Nacken schlagen.“
„Mit der Linken? Während ich halb im Teich hänge, meine Rechte an dich gefesselt? Ja, vielleicht, aber bevor ich dich treffen könnte, hättest du mir die Kehle eingerammt, nicht wahr? Nun trink, bevor wir Moos ansetzen!“
Wenig überzeugt beugte sich Jivvin schließlich in die Tiefe und schöpfte Wasser. Es tat gut, das klare, eisige Nass belebte seinen Körper. Der Tümpel musste einen unterirdischen Zulauf haben, das Wasser war frisch. Kurz entschlossen zog er sich das Hemd über den Kopf. Wirklich waschen konnte er sich in dieser Haltung nicht, und in der Dunkelheit wollte er nicht in den Teich hinein steigen, der vielleicht scharfkantige Steine am Grund liegen hatte. Aber wenigstens ein, zwei Handvoll Wasser über den zerschundenen Rücken laufen lassen, das wäre jetzt eine Wohltat … Er achtete nicht auf Ni'yo, der all diese Bewegungen mitmachen musste und dabei schmerzhaft herumgerissen wurde. Die Kälte prickelte in seinen frischen Wunden, doch wie erhofft war es angenehm.
„Bist du fertig mit deiner Schönheitspflege?“, zischte es plötzlich neben ihm. Jivvin fuhr zusammen, starrte in Ni'yos

wütendes Gesicht. Wie hatte er seinen Feind nur vergessen können!

„Ja, natürlich." Hastig streifte er sich das Hemd wieder über und warf Ni'yo seine Waffen zu. „Komm, da vorne scheint eine Senke zu sein, vielleicht können wir da den Rest der Nacht verbringen." Steif marschierte er voraus, zerrte ungeduldig an der Fessel, als sein Gefährte nicht sofort folgte. „Nun komm! Oder schaffst du die paar Schritte nicht mehr?"

Sie stiegen in eine Bodenvertiefung, wo sie trockenen Sandgrund fanden, geschützt von dicht gewachsenen Bäumen, die ihre Blätter noch nicht abgeworfen hatten. Hier legten sie sich schweigend nebeneinander nieder, Rücken an Rücken.

An Schlaf war allerdings nicht zu denken. Jivvin erkannte plötzlich, dass er Ni'yo keine Gelegenheit gegeben hatte, selbst zu trinken. Das war unbeabsichtigt gewesen, aber sein Feind würde das nicht glauben. Sicher wartete der nur, in seinem Hass schmorend, dass er, Jivvin, endlich tief einschlief, damit er ihm die Hand abschlagen konnte … Sollte er versuchen, ihm zuvorzukommen? Eigentlich war das genau das Letzte, was er tun wollte. Ni'yo war zum einen verletzt, zum anderen ein Am'churi wie er selbst. Gewiss, lebenslanger Hass und Feindschaft standen zwischen ihnen, aber das wollte Jivvin in einem Duell klären, nicht mit einer hinterhältigen Attacke. Nicht zu vergessen, dass Ni'yo ihn vor einigen Wochen selbstlos gerettet hatte, egal aus welchem Grund! Wie Ni'yo die Sache sah, wusste er allerdings nicht. Mochte diese Ratte auch sonst immer gewissenhaft nach dem Ehrenkodex handeln, in dieser Situation sah es vielleicht vollkommen anders aus …

Jivvin verbrachte die restlichen Stunden der Nacht in quälendem Kampf gegen den Schlaf. Wann immer die Erschöpfung und die Schmerzen ihn zu überwältigen drohten, kniff er sich in die Augenlider. An den ruhelosen Bewegungen an seiner Seite spürte er deutlich, dass auch Ni'yo nicht schlief, und das bestärkte ihn nur in seiner Wachsamkeit.

~*~

Als es endlich dämmerte, richtete Ni'yo sich auf, froh, diese entsetzlichen Stunden hinter sich gebracht zu haben. Der Durst war unerträglich, genauso wie das glühende Pochen und Jucken in seinem zerschlagenen Rücken. Sein Kopf schwamm, er konnte keinen klaren Gedanken fassen, obwohl er wusste, dass sein Leben davon abhing. Wenn Jivvin merkte, wie schwach er wirklich war, würde er sicherlich angreifen!

Sein Feind bewegte sich viel schneller als er, was Ni'yo fast in Panik versetzte. Er mühte sich, aus der Senke herauszukommen, ohne zu fallen und schafft es gerade noch. Trotzdem blieb Jivvin vor ihm, so sehr sich Ni'yo auch anstrengte. Am liebsten hätte er aufgeheult vor Wut, als Jivvin am Teich niederkniete.

Du hast gestern Nacht schon getrunken, ich nicht!

Beinahe wäre er der Länge nach ins Wasser gefallen, überrascht von Jivvins plötzlichen Bewegungen. In jeder anderen Situation wäre es Ni'yo leicht gefallen, sich anzupassen, doch im Augenblick brauchte er all seine Kraft, um auch nur bei Bewusstsein zu bleiben. Er fand sich bis zur Hüfte in eisigem Wasser wieder, ohne sich zu erinnern, wie er hierher gekommen war. Sein Verstand setzte aus, er musste sich zusammennehmen! Hastig schöpfte Ni'yo Wasser, ließ das wunderbare klare Nass seine ausgedörrte Kehle hinab rinnen. Unruhige Bewegungen seines Gefährten brachten ihn fast aus dem Gleichgewicht.

„Was machst du?", fauchte er gereizt. Jivvin zog sich schon wieder das Hemd aus – wurde das jetzt zur Gewohnheit?

„Ich will mir das Blut abwaschen. Die Elfen werden uns verfolgen. Es wäre Unsinn, es ihnen noch leichter als nötig zu machen, oder? Ein Wunder, dass wir letzte Nacht keinen Besuch von Raubtieren hatten, so, wie wir beide nach Blut riechen müssen."
Ni'yo wartete ungeduldig, dass Jivvin fertig wurde. Es war wirklich kalt hier im Tümpel, er wollte raus, weg, so schnell wie möglich. Diesen Tag überleben, die kommende Nacht. Mit etwas Glück war er dann schon wieder soweit geheilt, dass er den Rest der Wanderung auch noch schaffte. Aber das stand erst einmal in den Sternen.
Jivvins Rücken sah recht gut aus, die natürlichen Heilkräfte der Am'churi taten sichtbar ihr Werk. Man sah zwar noch die Peitschenstriemen, aber alle Wunden waren geschlossen, keine einzige war so tief gewesen wie bei ihm selbst, dazu waren es deutlich weniger. Ni'yo seufzte innerlich. Ja, es war eine Fehlentscheidung gewesen, seinen Peiniger zu provozieren, aber das konnte er jetzt nicht mehr rückgängig machen. Die ungelenken Bewegungen, mit denen Jivvin versuchte, seine Rückenmitte zu erreichen, zerrten an Ni'yos Nerven.
„Lass mich das machen!", zischte er schließlich. „Bis du fertig wirst, haben wir Winter!"
„Du willst mir den Rücken waschen?" Ungläubig starrte Jivvin ihn an.
„Im Moment dient alles, was ich für dich tue, meinem eigenen Wohl." Ni'yo hob die rechte Hand, ließ die Kette klirren. „Das Schicksal ist ein altes Weib mit bösartigem Sinn für Humor, wie man sagt, nicht wahr?"
„Ich weiß trotzdem nicht, ob ich dich an meinen Rücken lassen will." Abschätzig verzog Jivvin das Gesicht. Noch nie hatte Ni'yo etwas aus Mitgefühl für einen anderen Menschen getan! Ob dieser Mann überhaupt fähig zu solchen Regungen war?

„Ich werde deine empfindsame Haut liebkosen wie eine Amma ihr Neugeborenes. Nun mach schon, ich will heute noch weiter kommen!“
Zögerlich drehte sich Jivvin so, dass Ni’yo alle Verletzungen erreichen konnte. Da er kein anderes Hilfsmittel zur Hand hatte, zog sich Ni’yo kurz entschlossen ebenfalls das Hemd über den Kopf, auch, wenn er sich dabei einige Krusten aufriss. Es irritierte seinen umnebelten Verstand, dass er kaum einen Flecken in diesem Stück Stoff finden konnte, der nicht von Blut durchtränkt war. Wütend tauchte er es unter Wasser und nutzte den linken Ärmel, um seinem Feind zu helfen, so behutsam wie nur möglich. Er konnte es sich nicht leisten, seinem Gefährten Grund zur Rache zu geben.
Oh ja, sie ist wirklich bösartig, die Göttin des Schicksals …

Jivvin war fassungslos, wie sanft sein Todfeind mit ihm umging. Er hatte mit einer groben, schmerzhaften Abreibung gerechnet, schon aus Rache dafür, dass er Ni’yo in der Nacht vom Trinken abgehalten hatte. Nie hätte er diese Ratte für fähig gehalten, so vorsichtig und doch gerade fest genug mit Verletzungen umzugehen, sodass es eben nicht schmerzte, aber auch nicht kitzelte. Wann hatte Ni’yo wohl Erfahrung als Heiler gesammelt? Von ihm ließ sich doch kein Am’churi freiwillig anfassen, der noch bei Verstand war … aber nun, ein Schwerverletzter war meistens nicht mehr bei klarem Verstand oder Bewusstsein, und wer wusste schon, was Ni’yo bei seinen gelegentlichen Ausflügen so getrieben hatte?
„Jetzt du“, sagte er, als er spürte, dass Ni’yo fertig mit ihm war.
„Nein! Nein – es ist … nein, ist nicht nötig.“
Jivvin drehte sich zu ihm um, musterte das aschgraue Gesicht, die glasigen Augen, die ihn kaum noch wahrzunehmen schienen.

„Es ist wichtig, Ni'yo. Du wurdest doch genauso wie ich geschlagen, oder? Der Dreck muss runter von den Wunden. Ich werde dir nicht wehtun, du warst schließlich auch nicht grob zu mir", sagte er leise. Ni'yo gab keine Antwort, sein Gesicht war eine starre Maske, hinter der Qual und tödliche Erschöpfung fühlbar waren. Jivvin packte ihn energisch an den Schultern, drehte ihn mit dem Rücken zu sich um – und erstarrte.
„Warum in Am'churs Namen hat man dir *das* angetan?", knurrte Jivvin.
„Ich wollte mich stärker verletzen lassen, in der Hoffnung, dass der Wächter dann unaufmerksam wird und ich Gelegenheit zur Flucht bekäme. Es war nicht schwierig, den Kalesh dazu zu bringen, ich musste nur jeden Laut unterdrücken … Funktioniert hat es dann leider nicht", flüsterte der junge Am'churi.
Jivvin stöhnte innerlich auf. Ni'yos Rücken war eine einzige blutige Masse, unvorstellbar, wie lange und wie hart man ihn geschlagen haben musste, um solch tiefe Wunden zu reißen! An einigen Stellen konnte man sogar Knochen schimmern sehen. Ein gewöhnlicher Mensch wäre längst tot. Ein gewöhnlicher Am'churi hätte es nicht geschafft zu fliehen und anschließend noch stundenlang durch die Nacht zu marschieren. An Ni'yo war nichts gewöhnlich, er konnte mehr ertragen als jeder andere. Mit ausreichend Schlaf und Nahrung würde er innerhalb weniger Wochen vollständig heilen. Nur dass es hier draußen schwierig sein würde, solchen Luxus zu finden.
„Verdammt, nicht einmal du wirst das überleben!", grollte er.
„Was erwartest du von mir? Soll ich Impulkro begehen?" Ni'yo blickte mühsam über die Schultern, Wut funkelte in den dunklen Augen. Impulkro war ritueller Selbstmord, der von Am'churi begangen wurde, wenn es keine andere Möglichkeit mehr gab, die Ehre zu wahren.

„Nein, selbstverständlich nicht! Ni'yo, wozu hast du ihn noch provoziert? Als ob du das nötig hättest, du treibst die Leute doch so schon in den Wahnsinn! Du hast wahrscheinlich eine Spur hinterlassen, der ein blinder Ochse folgen könnte. Warum hast du nichts gesagt?"
„Ich hatte nicht viele Möglichkeiten, Flucht schien unwahrscheinlich, ein schneller Tod die bessere Alternative", erwiderte Ni'yo steif. „Heute Nacht war ich zu sehr damit beschäftigt, aufrecht zu bleiben, das war ein Fehler."
Jivvin unterdrückte seine Wut. Er selbst hatte mit den gleichen Gedanken gespielt, sich aber erst einmal dagegen entschieden, in der Hoffnung, es würde sich vielleicht von selbst eine Fluchtgelegenheit ergeben. Dass er Glück haben könnte, war nicht vorherzusehen gewesen.
So bedächtig wie möglich wusch er Blut und Schmutz von Ni'yos Rücken. Es sah nicht ganz so schlimm aus wie auf den ersten Blick befürchtet: Die Wunden waren zwar tief, aber nicht entzündet, die Heilung hatte sichtbar begonnen. Jivvin dachte nach, musterte die grausam zerfetzte Haut. Plötzlich wurde ihm bewusst, wie stark Ni'yo zitterte, obwohl er offenbar versuchte, es zu unterdrücken. Wie sehr er selbst fror, nahm er erst jetzt war. Das Wasser war eisig, seine Füße begannen langsam taub zu werden. So geschwächt, wie Ni'yo durch seinen Blutverlust und die Schmerzen sein musste, litt er sicherlich wesentlich stärker unter der Kälte. In den folgenden Nächten würde es wahrscheinlich noch kälter hier draußen werden. Finster wog Jivvin alle Für und Wider gegeneinander auf und traf eine Entscheidung.

Mit geballten Fäusten wartete Ni'yo, dass Jivvin endlich etwas sagte. Was machte er da hinten? Anscheinend war er doch fertig mit seinem Rücken! Ihm war so kalt …

Er fuhr zusammen, als er an der Schulter gepackt und aus dem Wasser gedrängt wurde. Etwas hatte sich verändert, er spürte deutlich die Wachsamkeit seines Feindes. Würde Jivvin sich denn die Mühe machen, erst seine Wunden zu reinigen, bevor er ihn tötete?

Wenn er sicher gehen wollte, dass ich wirklich zu schwer verletzt bin, ja …

Ni'yo zauderte einen Moment lang. Instinktiv wollte er kämpfen, sein Leben verteidigen. Aber wozu? Er war zu schwach, konnte kaum noch klar denken. Das letzte bisschen Kraft brauchte er, um bei Bewusstsein zu bleiben und aufrecht zu stehen. Mehr hatte er nicht.

Die Kette ruckte schmerzhaft, zwang ihn, anzuhalten. Er gehorchte, wartete zitternd, was Jivvin nun tun würde. Kein Ehrenkampf, das war gewiss.

Mit gesenktem Kopf stand er still, rang mühsam nach Luft. Warum nur fiel ihm das Atmen so schwer? Sein Körper war ein Schlachtfeld, brennender Schmerz kämpfte gegen betäubende Kälte um die Vorherrschaft. Jivvin, was tat er da? Ni'yo biss sich auf die Lippen, um ein Stöhnen zu unterdrücken, als er das Geräusch hörte: das ledrige Schleifen eines Messers, das aus der Scheide gerissen wurde. Kein Schwert, die Kette ließ nicht genug Freiheit für so etwas.

Dreh dich um. Sieh ihm in die Augen und stirb wie ein Mann, nicht wie ein Wurm, ahnungslos erschlagen … dreh dich um!

Doch seine Beine ließen ihn im Stich, verweigerten jede Bewegung. Mehr noch, sie wollten ihn nicht mehr tragen. Noch einmal sammelte Ni'yo alle Kräfte, kämpfte darum, aufrecht zu bleiben. Angst, er hatte Angst!

FEIGLING!

Wenn es sein musste, würde er ohne Ehre und Würde sterben – die hatte er sowieso nie besessen – aber er wollte verflucht sein, wenn er sich auf den Knien abschlachten ließ! Gegen das Zittern seiner Glieder konnte er sich nicht wehren, auch, wenn er seine Schwäche hasste.

Jivvin, dreh mich um, sieh mir in die Augen … sieh mir in die Augen, wenn du mich tötest, nur diese eine Gnade … all die Jahre, die wir Feinde waren, willst du mir nicht deinen Triumph zeigen? Bitte …

Er würde nicht laut betteln, nicht aussprechen, was er innerlich schrie.

Die Messerschneide berührte seinen Nacken, kalt und spitz. Ni'yo schaffte es nicht ganz, sich zu beherrschen und fuhr leicht zusammen. Hektisch atmend kämpfte er weiter gegen die Ohnmacht. Die Klinge fuhr seinen rechten Arm hinunter, ohne in die Haut zu schneiden. Ganz langsam.

Noch immer hing sein Hemd nass und schwer um sein Handgelenk, von der Fessel gehalten. Mit einer raschen Bewegung durchtrennte Jivvin den Stoff, und es fiel klatschend zu Boden.

Die Klinge ruhte auf seinem Unterarm. Schwarze Schlieren tanzten vor seinen Augen, er bebte unwillentlich. Würde seine Hand als nächstes fallen? Genauso achtlos wie das Hemd? Das Elfenmesser war sicher nicht scharf genug, um mit einem Schnitt durch die Knochen zu gehen – Jivvin würde hacken müssen …

Tu es einfach … dann bist du mich los. Sinnlos, dass zwei Mann sterben …

Immerhin hatte er durch seine Gedankenlosigkeit eine deutliche Spur gelegt, sie beide dadurch in höchste Gefahr gebracht. Ob Jivvin ihm die Gnade erweisen würde, ihn anschließend zu töten, war die Fessel erst einmal fort? Oder würde er ihn hier liegen lassen, um langsam zu verbluten?

Ni'yo schrie unterdrückt auf, als sich ihm eine Hand schwer auf die Schulter legte und ihn zurückzog, bis sein Kopf gegen Jivvins Brust ruhte.
„Fürchtest du dich?", höhnte der Am'churi leise.
Schwer atmend versuchte Ni'yo, sich frei zu kämpfen, doch Jivvin stieß ihn brutal zu Boden, auf die Knie, verdrehte ihm den rechten Arm dabei so, dass er bewegungsunfähig nach vorne gepresst wurde. Die kleinste Zuckung würde ihm die Schulter auskugeln, dazu seine Rückenwunden noch weiter verschlimmern. Ni'yo ließ sich stöhnend hängen, kaum noch bei Bewusstsein. Jivvin hielt ihn an der Kette aufrecht, in dieser Haltung würde es ihm leicht fallen, die Hand abzuschlagen.
„Fürchtest du dich?", drang die verhasste Stimme aus unendlicher Ferne zu ihm.
„Ja …"
„Das ist gut."
Der qualvolle Druck ließ nach, als Jivvin um ihn herum schritt, sich vor ihm niederkniete.
„Sieh mich an!", befahl er.
„Danke", flüsterte Ni'yo und drehte mühsam den Kopf. Jivvin starrte ihn verständnislos an, schnaubte dann nur und hob die Klinge.
„So lange du dich fürchtest, steckt noch Leben in dir. Wenn du aufhörst zu kämpfen, Ni'yo, dann töte ich dich, sei gewiss. Wenn du mit deiner Schwäche eine zu große Last für mich wirst, dann zögere ich kein zweites Mal. Aber im Moment wirst du nicht sterben."
Er steckte das Messer zurück und wandte sich dann ab.
„Warum?", wisperte Ni'yo fassungslos.
„Ich will dich besiegen. Das wollte ich schon immer. Und ja, ich will dich töten. Aber erst, nachdem ich dich niedergerungen habe. Dass du im Moment wehrlos bist, dazu habe ich nichts

beigetragen, verstehst du? Eines Tages werde ich dich im Duell bezwingen und dann bringe ich dich um. Diese Chance will ich nicht leichtfertig aufgeben, es sei denn, es bleibt mir keine andere Wahl.“ Sein Blick verdüsterte sich.
„Jetzt sammle dich, wir müssen noch weiter gehen.“
Einige Minuten lang konnte Ni'yo nichts weiter tun, als um Luft zu ringen. Er war so sicher gewesen zu sterben!
„Jivvin“, keuchte er, als er glaubte, seine Stimme im Griff zu haben. „Jivvin, ich will, dass du mir etwas versprichst.“
„Kommt drauf an“, knurrte der ältere Krieger.
„Wenn ich … wenn du glaubst …“ Er musste sich hastig abfangen, sonst wäre er umgefallen. Er spürte den ungeduldigen Blick seines Feindes und riss sich zusammen. „Wenn du mich töten willst, egal aus welchem Grund, und ich sollte dann bei klarem Verstand sein, dann versprich mir, dass du es nicht hinterrücks oder im Schlaf tust. Lass mich dir dabei ins Gesicht blicken.“
Jivvin schwieg lange, wandte ihm den Rücken zu. Schließlich aber sah er über die Schulter und nickte knapp.
Mühsam kämpfte Ni'yo sich auf die Beine.
„Lass uns weitergehen“, murmelte er.
„Dein Hemd nehme ich“, bot Jivvin an und streifte sich das durchnässte Stoffstück über den Kopf. Es war nicht vollständig zerstört, obwohl er sich bestimmt keine Mühe gegeben hatte, das zu verhindern. „Es ist warm genug, ich trockne es für dich. Wenn du es anziehst, quillt dir das Wasser nur die Wunden auf.“
Ni'yo zuckte nur die Schultern, es war ihm gleichgültig. Irgendwann später einmal konnte er entscheiden, ob das gerade als Demütigung oder als Akt der Freundlichkeit gemeint gewesen war.

Eine Weile schritten sie so durch den Wald, immer nach Osten, auf Vaio zu. Sie kannten sich beide in diesem Landstrich ganz gut aus, wussten, wo sie in dichten Wäldern untertauchen konnten, welche Dörfer sich in der Nähe befanden. Es würde mindestens drei Tage dauern, bis sie die nächste Siedlung erreichen und einen Schmied dazu zwingen konnten, die Fessel aufzubrechen.

Unvermittelt blieb Jivvin stehen und schenkte seinem unfreiwilligen Gefährten ein schiefes Grinsen.

„Ich weiß nicht, wie es dir geht, aber ich müsste mal dringend … na, du weißt schon."

Gequält erwiderte Ni'yo den Blick. Es war ihnen auch schon vorher klar gewesen, wie schmerzhaft diese erzwungene Nähe werden würde; aber manches musste man tatsächlich erst durchlebt haben, bevor man seinen wahren Schrecken erfasste…

14.

Knapp zwei Stunden später war klar, dass Ni'yo sich so weit getrieben hatte, wie er konnte. Jivvin hielt ihn mittlerweile fest am Arm, da Ni'yo ständig fiel und sie durch die Kette beide verletzte. Wütend auf seinen Feind, auf alle Elfen dieser Welt und das Schicksal als solches suchte Jivvin nach einem Ort, wo sie unterkriechen konnten. Egal, was er Ni'yo erzählt hatte, er wollte ihn wirklich nicht töten, wenn es sich irgendwie verhindern ließ. Ob er es jemals gewünscht hatte, von einigen kurzen Momenten des höchsten Zornes abgesehen? Er wusste es nicht. Es gab eine Menge Hass zwischen ihnen, Rivalität, Wut. Ni'yo war so seltsam, er reizte Jivvin. Er wollte ihn besiegen, erniedrigen, sich für unzählige Demütigungen rächen. Aber töten? Er wusste es nicht.
Ein halbes Dutzend Kaninchen wurde von ihnen aufgescheucht, panisch versuchten die Tiere, vor ihnen zu fliehen. Vergebens – auch mit der Linken, während er seinen taumelnden Rivalen stützen musste, war Jivvins Zielfähigkeit nicht eingeschränkt. Er schleuderte seine beiden Messer, und zerrte Ni'yo rücksichtslos hinter sich her, um seine Beute einzusammeln. Das Abendessen war gesichert, jetzt brauchte es noch einen guten Lagerplatz.
Sie stürzten beide, als Jivvin auf einem flachen Hügel plötzlich mit dem Fuß
einbrach. Was wie eine stabile, grasbewachsene Anhöhe wirkte, verbarg einen Hohlraum vor den Augen der Welt. Hoffnungsvoll kletterte er die andere Seite hinunter, ohne sich groß darum zu kümmern, dass er Ni'yo dabei ein Stück über den Boden schleifte, und wurde belohnt: Eine kleine Höhle lag vor ihnen, nur von einer Seite zugänglich und gerade groß genug, um zwei Kriegern Unterschlupf zu bieten. Der Untergrund war aus trockenem Gestein und Sand geformt, in

der Decke gab es ein Loch – eben das, wo Jivvin hinein getreten war. Es konnte als Rauchabzug für ein Feuer dienen.
„Steh auf!“, herrschte er seinen halb ohnmächtigen Gefährten an, und zerrte ihn brutal an der Kette in die Höhe. Ni’yo stöhnte nur matt, stolperte aber folgsam den Hügel hoch. Jivvin suchte zwischen den Bäumen, lauschte, bis er das Geräusch von Wasser hörte. Der Flusslauf, dem er die letzte Stunde mehr oder weniger gefolgt war, befand sich glücklicherweise in der Nähe. Hier nahm Jivvin die beiden Kaninchen aus, zwang Ni’yo, ihm zu helfen, und vergrub die Felle und nicht essbaren Eingeweide.
„Trink, wir haben nichts, um Wasservorräte mitzunehmen“, brummte er Ni’yo zu, der mit geschlossenen Augen an einem Findling lehnte und am ganzen Leib zitterte. Jivvin trank selbst so viel, wie er nur konnte, knurrte dann unwillig, als offensichtlich wurde, dass Ni’yo nicht mehr aus eigener Kraft handeln konnte.
„Los jetzt!“ Er packte den Verletzten an den Haaren und tauchte ihn gewaltsam in das eisige Wasser. Es dauerte mehrere Augenblicke, bis Ni’yo sich zu wehren begann – sehr schwach. Erbarmungslos hielt er ihn noch etwas länger untergetaucht, einfach nur, um das Gefühl zu genießen, dieses Leben in der Hand zu halten, dann erst zog er ihn hoch. Ein wenig erschreckte er vor sich selbst, wie sehr er es genoss, Macht über seinen sonst unüberwindlichen Feind zu haben.
„Trink!“, befahl er knapp. Ni’yo starrte ihn aus glasigen Augen an, nickte dann und schöpfte einige Handvoll überlebenswichtiger Flüssigkeit. Nicht genug, das war sicher, aber zumindest so viel, dass er die Nacht überstehen würde.
Ungeduldig drückte Jivvin ihm die Kaninchen in die Arme, sammelte selbst so viel loses Holz, wie er nur tragen konnte und kehrte dann zurück zur Höhle. Mehr konnte er nicht tun,

um ihr Überleben zu sichern, er war selbst am Ende seiner Kraft, wie er sich ungern eingestand. Aber noch war die Arbeit nicht beendet. In der Höhle schubste er Ni'yo neben sich zu Boden. Dann entfachte er so rasch wie nur möglich ein Feuer. Den notwendigen Funken dafür erzeugte er mithilfe eines Pyrits, den er unterwegs gefunden hatte, und seinem Messer. Dann begann er, lose Felsbrocken aufzuschichten, die in und um den Höhleneingang herum lagen. Ni'yos gefesselter Arm wurde rücksichtslos verdreht, hin- und hergezerrt. Er ließ es leise stöhnend geschehen, sah zu, offensichtlich ohne zu begreifen, was Jivvin vorhatte.
„Ich schließe uns ein", erklärte Jivvin schließlich, als er den kleinen Eingang völlig versiegelt hatte. „Wenn ein Raubtier oder ein zweibeiniger Feind zu uns gelangen will, während wir schlafen, muss er erst den Steinwall niederreißen, und wenn wir das nicht mehr hören, sind wir sowieso schon tot." Er prüfte zufrieden sein Werk – es war nicht lückenlos, aber es würde reichen, um jede größere Gefahr fernzuhalten. Giftige Schlangen gab es hier nicht, gefährliche Insekten oder Skorpione auch nicht, somit waren sie bestmöglich gesichert. Mit einem leichten Anflug von schlechtem Gewissen betrachtete er das Blut, das über Ni'yos rechte Hand strömte. Er hatte nichts, um die Wunden zu verbinden, die er mit seinen mitleidlosen Bewegungen gerissen hatte, selbst, wenn er an das gefesselte Handgelenk herangekommen wäre. Schulterzuckend stieß er den erbärmlich zitternden Mann nieder, achtete aber darauf, dass er auf der Seite landete statt auf dem verletzten Rücken, und dicht genug am Feuer lag.
„Schlaf jetzt", knurrte Jivvin, bevor er sich der Zubereitung der Kaninchen widmete. Mit müden Bewegungen spitzte er Holzstöcke an, spießte das magere Fleisch auf und hielt es in die Flammen. Er war selbst viel zu erschöpft, um noch hungrig

zu sein, aber wenn er später erwachte, würde das sicherlich anders aussehen. Seine Gedanken kreisten ruhelos. Was mochte Am'chur getan haben, um sich den ewigen Hass der Elfen zuzuziehen? Warum hatte man sie hierher verschleppt? Und warum hatten ihre Verfolger sie nicht bereits aufgespürt? So versunken war er in diese sinnlosen, nicht zu beantwortenden Fragen, dass er lange Zeit weder hörte noch spürte, wie Ni'yo hinter ihm kämpfte. Als das leise Klirren der Kette in sein Bewusstsein drang, drehte er sich ungläubig um. Ni'yo starrte in die Leere, die Augen weit aufgerissen. Sein Gesicht war so stark vor Schmerz verzerrt, dass Jivvin widerwillig Mitleid empfand.
„Warum bist du noch wach?", fragte er leise. Sehr langsam richteten sich die dunklen Augen auf ihn, aber ob Ni'yo ihn wirklich wahrnahm, konnte er nicht sicher sagen. Eine Antwort erhielt er nicht, aber das war auch nicht notwendig. Er wusste, was Ni'yo fürchtete.
„Du musst schlafen, sonst erlebst du nicht einmal mehr den Sonnenuntergang."
„Würdest du es können? Letzte Nacht hast du ebenso wach gelegen wie ich." Die Worte waren so leise gehaucht, dass Jivvin sie ihm fast von den Lippen lesen musste.
„Ich weiß. Vor dir habe ich heute nichts mehr zu befürchten, du könntest nicht einmal mehr eine Motte erschlagen. Wenn du aber wieder auf den Beinen bist, was dann? So bringst du dich allerdings selbst um, Kleiner. Wir müssen uns etwas ausdenken."
„Waffenstillstand", wisperte Ni'yo gequält. Jivvin atmete erleichtert auf, nickte hastig – endlich! Nur der Ranghöhere Am'churi konnte dieses Angebot aussprechen.
„Waffenstillstand. Ich schwöre …", wimmerte Ni'yo. Dann brach seine Stimme. Ein Krampf erfasste seinen ganzen Leib, schüttelte ihn so sehr durch, dass er nicht einmal mehr atmen

konnte. Besorgt zog Jivvin ihn zu sich, verhinderte so, dass Ni'yo sich selbst den Schädel am harten Felsboden einschlug.

„Ich schwöre, dass ich dich nicht angreifen werde. Ich werde nichts tun, was dich verletzt oder in Gefahr bringt, es sei denn, um mein eigenes Leben zu retten. Ich schwöre, dass du in meiner Nähe so sicher bist, als wärest du mein Bruder", flüsterte er die rituellen Worte in das Ohr seines Feindes, als der Krampf endete. Ni'yo hing schlaff in seinen Armen, das Gesicht von Tränen überströmt. Sein Atem ging flach, stoßweise, kalter Schweiß bedeckte den Körper. Gerade, als Jivvin sicher war, dass der junge Krieger nicht mehr erwachen würde, vielleicht niemals mehr, blinzelte Ni'yo und regte sich schwach.

„Ich schwöre", hauchte er lautlos und besiegelte damit das Abkommen.

„Schlaf jetzt, verdammt, du hast nichts zu befürchten."

Als wären diese Worte ein Zauberspruch, schloss Ni'yo gehorsam die Augen und fiel fast augenblicklich in tiefen Schlaf.

Vorsichtig bettete Jivvin ihn zurück auf den Boden. Ihm wurde bewusst, wie unbequem seine immer noch klammen Hosen waren. Mittlerweile verbreitete das Feuer angenehme Hitze. Ohne weiter nachzudenken streifte er sich alle Kleidungsstücke vom Leib und breitete sie, so gut es ging, zum Trocknen aus. Er zögerte kurz, entschied sich dann aber, dass Ni'yo ebenfalls ohne den feuchten Stoff besser dran sein würde und zog den wehrlosen Schlafenden aus. Der ließ sich davon allerdings nicht stören. Ungeduldig wartete Jivvin, bis die Fleischstücke einigermaßen durchgebraten waren. Dann endlich konnte er das Feuer so abdecken, dass die Glut erhalten blieb, und legte sich erleichtert nieder, mit dem Rücken zu seinem Feind. Er musste den Arm unbequem verdrehen, aber nicht einmal das konnte ihn wach halten: Kaum berührte sein Kopf den Boden, da wusste er schon nichts mehr und sank in tiefen, heilsamen Schlaf.

~*~

Als Jivvin erwachte, war es fast vollkommen dunkel um ihn herum. Die Glut des Feuers gab gerade noch genug Licht ab, dass er sich nicht bei der Suche danach verbrannte. Mühsam entfachte er die Flammen neu, blickte sich dann um. Draußen herrschte tiefe Nacht, durch das kleine Loch in der Decke erblickte er vereinzelte Sterne. Ni'yo hatte sich offenbar noch nicht einmal gerührt, sah aber bereits deutlich besser aus – nicht mehr, als würde er jeden Moment sterben. Jivvin nahm eine der Keulen und begann zu essen, eher aus dem Gefühl heraus, dass es ihm gut tun würde als vor Hunger. Danach fühlte er sich tatsächlich besser und viel zu munter, um sich wieder schlafen zu legen.

Er versuchte sich bequem hinzusetzen, um ein wenig zu meditieren, fand jedoch keine Ruhe. Immer wieder irrte sein Blick zu Ni'yo. Der junge Krieger schlief so tief, dass kein Laut von ihm zu hören war, nicht einmal die seltenen, langsamen Atemzüge.

Jivvin ertappte sich dabei, wie er den nackten, athletischen Körper anstarrte. Er hatte schon unzählige Male nackte Männer gesehen, aber es galt als unhöflich, sich gegenseitig beim Waschen oder Umkleiden anzublicken, deshalb hatte er nie einen seiner Waffenbrüder aus der Nähe betrachtet. Im Augenblick war niemand da, der ihn zurechtweisen würde – was konnte es also schaden? Er schürte das Feuer etwas höher, um mehr Licht zu erhalten, und beugte sich nah an seinen Gefährten heran. Noch nie hatte er bemerkt, wie ebenmäßig

Vater, Ehemann oder irgendeinem mystischen Ungeheuer gequält und getötet wurde. Egal! Wer ihre Nadel nicht gesehen hat, der kann nicht von sich behaupten, im Land der Tausend Flüsse gewesen zu sein."

Es dämmerte, als sie sich durch einen Gesteinsspalt quetschten und eine Felsplattform betraten, die ungefähr fünfhundert Schritt über dem Boden in ein lang gestrecktes Flusstal ragte. Der Ausblick war so atemberaubend, dass Ni'yo minutenlang nur dastand und sich staunend umsah. Unzählige Flüsse, Bäche und Wasserfälle ergossen sich aus den umliegenden Berghängen und vereinigten sich mit dem Strom, der sich träge durch das Tal wälzte, mindestens eine Meile breit an dieser Stelle. Inmitten des eisblauen Wassers erhob sich ein einzelner, spitzer Stein, der tatsächlich an eine Nadel erinnerte. Man konnte von hier aus in benachbarte Täler blicken, die herbstlich belaubten Bäume sehen, die rotgolden glühten, von verirrten Strahlen der untergehenden Sonne erleuchtet. Es schienen wirklich tausend Flüsse zu sein, die man von hier aus zählen konnte.

„Ich war in ganz Aru und habe so vieles gesehen, was wunderschön war. Aber kein einziger Ort kam diesem hier gleich", wisperte Jivvin bewegt. Gleichgültig, ob seine Familie ihn vergessen hatte oder nicht, dies hier war seine Heimat, und würde es immer bleiben.

Ni'yo legte zögernd eine Hand auf Jivvins Schultern. Er sagte nichts, aber seine Geste zeigte, dass er verstand, was seinen Gefährten bewegte, und dafür war Jivvin ihm unendlich dankbar.

23.

Im Schutz der Felsen legten sich früh schlafen. Eisige Winde und das Prasseln von Regentropfen hielten sie allerdings beide wach. Sie wurden zwar in ihrer Nische nicht nass, der Kälte aber konnten sie nicht entkommen. Das Feuer half nicht viel. Frierend lagen sie nebeneinander, jeder in seine Decke gehüllt. Jivvin kämpfte mit sich, bis er es irgendwann nicht mehr aushielt. Er wollte wenigstens aussprechen, was er dachte.

„Ni'yo?"

„Hm?"

„Es ist kalt, wir erfrieren hier beide. Wir könnten ... nun, wir könnten unsere Decken teilen, dann wäre es wärmer." Jivvin starrte in die Dunkelheit, wappnete sich gegen Spott, Ablehnung, vielleicht sogar Schläge, oder, im schlimmsten Fall, entsetztes Schweigen. Lange Zeit schien es, als würde Schweigen tatsächlich das Einzige sein, was er zu erwarten hatte, aber dann bewegte sich Ni'yo an seiner Seite. Sehr langsam kam er zu ihm, half mit, die Decken neu auszubreiten und legte sich schließlich mit dem Rücken an Jivvins Bauch. Beide waren sie verkrampft, wagten kaum zu atmen, um den anderen nicht zu stören. Schließlich aber fand zumindest Ni'yo zur Ruhe, entspannte sich und schlief ein. Jivvin hingegen blieb weiterhin wach. Der warme Körper, der so vertrauensvoll an den seinen gedrückt war, weckte mit Macht all das dunkle Verlangen, die Sehnsucht, die ihn seit Beginn ihrer Schicksalsgemeinschaft so sehr quälte. Zögernd hob er den Arm, legte ihn auf Ni'yos Hüfte. Der junge Mann rührte sich nicht, war offenbar wieder in tiefen Heilschlaf versunken, aus dem ihn so schnell nichts aufrütteln würde. Beinahe wie von selbst glitt Jivvins Hand weiter, suchte sich ihren Weg unter Ni'yos Hemd. Die glatten, starken Muskeln zu spüren, die warme Haut, brachte ihn schier um den Verstand. Behutsam drängte er sich noch näher an seinen Gefährten heran, zog ihn sanft zu sich, bis er seinen gefesselten Arm unter Ni'yos Kopf gelagert hatte. Er wusste, wie gefährlich es war, was er hier wagte. Ni'yo war nicht so tödlich erschöpft wie in der Höhle, als es beinahe nichts gegeben hatte, was ihn aufwecken konnte. Er schlief sehr tief, doch eine einzige falsche Berührung, und er würde wissen, wie viel Jivvins heilige Versprechen wert waren.

Hör auf! Den einen Angriff hat er dir vergeben, der sein Leben rettete. Wie du ihn deine Begierde hast spüren lassen, das hat er hingenommen, vielleicht im Glauben, du wolltest ihn nur ein bisschen erschrecken. Wenn er dich jetzt erwischt…

Doch er konnte nicht aufhören. Längst hatten seine Hände einen eigenen Willen entwickelt, gelenkt von Sehnsucht und Begehren, die seinem Verstand nicht gehorchen wollten. Er streichelte über die muskulöse Brust, genoss den ruhigen Herzschlag unter seiner Hand, der ihm versicherte, dass alles gut war, fühlte die langsamen, tiefen Atemzügen. Seine gefesselte Linke liebkoste Ni'yos Stirn und Kopf, spielte mit dem weichen Haar. Tief sog er den Duft seines Gefährten in sich ein, der nach Wald roch, Heilkräutern, feuchter Wolle und eben nach Ni'yo. Gerade noch konnte Jivvin ein qualvolles Stöhnen unterdrücken. Er sehnte sich nach mehr, so viel mehr!

Ich hätte erfrieren sollen, dann wäre wenigstens meine Ehre gewahrt geblieben, und die seine. Am'chur, erlöse mich! Ich kann ihn nicht für den Rest der Nacht halten und mich dabei beherrschen, nimm diesen Fluch von mir! Ihn zu hassen war einfach, das hat niemanden gestört … Warum nur ist es jederzeit gestattet, ihn zu foltern und zu töten, aber ihn zu lieben eine nicht wieder gutzumachende Schande?

Er verdrängte diese dummen Gedanken, die nur sein Selbstmitleid bewiesen. Würde Ni'yo ihn ebenfalls lieben oder wenigstens die Begierde teilen, wäre es keine Schande oder Entehrung.

Liebe? Was für ein Unsinn, ich hasse ihn doch! Ja, ich begehre ihn, seinen Körper, aber das ist doch keine Liebe!

Verzweifelt kämpfte er um seinen Verstand, seine Selbstbeherrschung. Um die Kontrolle über seine Hände, die andächtig über Ni'yos wunderbaren Leib streichelten, suchten, erkundeten.

Er vertraut dir! Nur deshalb ist er zu dir gekommen, weil er dir vertraut! Weil du es ihm geschworen hast, weil du ihn seit Tagen durch die Lande trägst, ihn wie einen Bruder berührst und versorgst. Mach es nicht zunichte, wahre deine Ehre, Am'churi!

Mit aller Kraft hielt Jivvin sich davon ab, unter Ni'yos Hosenbund zu gleiten, zwang seine Hände zurück nach oben.

Nur noch ein einziges Mal. Noch einmal will ich ihn spüren, dann lasse ich ihn los, beschwor er sich selbst. Bedauernd strich er über den Rippenbogen, folgte den sanften Wölbungen des Oberkörpers, fühlte, wie sich die Brustwarzen unter seiner Berührung zusammenzogen. So sehr war er mit seinen Gedanken und dem Bedauern beschäftigt, dass er den Moment versäumte, als es geschah. Er wusste nur auf einmal, es war zu spät.

Ni'yo versteifte sich in seinen Armen, alle Muskeln spannten sich gleichzeitig an. Sein Herz raste wie wild unter Jivvins Fingern, er schnappte hastig nach Luft, hielt dann den Atem an. Seine Panik war offenkundig. Ni'yo war erwacht und fand sich in seinem Alptraum wieder, der dabei war, Wirklichkeit zu werden.

Verloren, Jivvin. Es ist vorbei. Wenn er den Schock überwunden hat, wird er dich töten. Du hast deinen heiligen

Eid gebrochen, du hast dich selbst und ihn entehrt mit deiner Gier. Lass ihn endlich los, du beschmutzt ihn!
Mit dem Gefühl, in Eiswasser getaucht zu sein, zog Jivvin langsam seine Hände zurück, löste sich von dem vollkommenen Körper, den er so sehr begehrte. Er konnte es nicht ertragen, wie Ni'yo vor Panik zitterte.
Sieh, was du ihm angetan hast!
Er wollte sich gerade auf die andere Seite wenden, so weit entfernt von seinem Opfer, wie die Kette es nur erlaubte, als sich eine bebende Hand auf seinen Arm legte.
„Jivvin?"
Noch niemals hatte er solch verlorene Verzweiflung, solch ein Flehen in Ni'yos Stimme gehört, selbst in den qualvollen Stunden des Rauschbeerenwahns nicht. Er hasste sich selbst für das, was er über diesen Mann gebracht hatte.
In diesem Augenblick zerbrach etwas in ihm. Kochende Gier überflutete sein Denken, dunkles Verlangen, durch nichts mehr zu bändigen. Vernichtender Hass. Jeder Rückhalt, jegliche Vorstellung von Ehre ertranken. Der letzte Rest seines entsetzten Bewusstseins verkroch sich in den Tiefen seiner Seele, bezwungen von aus Verzweiflung und Begierde geborener Raserei.
Jivvin warf sich herum, ergriff Ni'yos Arme, presste sie mit brutaler Kraft zu Boden. Er kniete auf dessen Oberschenkeln, verurteilte ihn so zur Bewegungslosigkeit. Der menschliche Teil in ihm wusste, wie schmerzhaft das für Ni'yo sein musste, doch dieser Gedanke erreichte Jivvin nicht mehr. Er drückte Ni'yos eigene Hände gegen dessen Kiefergelenke, verhinderte so, dass sein Opfer den Kopf wegreißen konnte, oder sich mit Bissen gegen Jivvin wehrte, der mit der Zunge unerbittlich in Ni'yos Mund eindrang. Ni'yo bäumte sich verzweifelt auf, stöhnte vor Qual und tödlicher Angst, doch er war hilflos, zu schwach,

verraten von seinem noch heilenden Körper. Mit grausamer Kraft hielt Jivvin ihn nieder, fuhr dann mit der rechten Hand zwischen Ni'yos Beine, zerrte und rieb gewaltsam an dem Geschlecht des Wehrlosen, ohne dabei seinen Mund freizugeben. Erstickt schrie Ni'yo auf, wölbte den Rücken hoch, versuchte vergeblich, Jivvin von sich zu werfen.
Als der Widerstand seines Opfers einbrach, ließ Jivvin ihn los. Er erschrak über sein eigenes Lachen, mit dem er über die Tränen leckte, die Ni'yos Wangen überströmten, über die Angst, die er in dessen Augen sah.
Er rollte sich von ihm herab, zwang ihn mühelos auf den Bauch herum. Mit nur einem Handgriff riss er die störenden Kleidungsstücke fort, zerrte Ni'yo auf die Knie, den Kopf dabei weiterhin zu Boden gepresst. Rasend vor Gier strich er über das entblößte Gesäß, das sich ihm nun darbot. Er hörte das Röcheln, nahm wahr, dass Ni'yo sich kaum noch regte. Er sah, dass die Kette sich um Ni'yos Hals geschlungen hatte und ihn erwürgte, aber dieses Wissen erreichte nur den letzten Funken bewusstes Denken, so unendlich weit entfernt …
Er drängte sein pochendes, heiß erregtes Glied gegen den begehrten Körper, bereit, sich zu nehmen, was er besitzen wollte.
Du bringst ihn um.
Die Stimme seiner Vernunft ließ ihn innehalten.
Er erstickt, wenn du weiter machst. Du wirst ihn töten.
Langsam kämpfte sich sein Bewusstsein zurück an die Oberfläche. Ungläubiges Entsetzen über sich selbst breitete sich aus. Einen Augenblick lang war er versucht, einfach weiterzumachen. Ni'yo grausam zu schänden, ihn dabei zu erwürgen und sich anschließend selbst zu töten.
Was habe ich nur getan?

Fassungslos beugte er sich vor, löste die Kette von Ni'yos Kehle.
Am'chur, warum habe ich das nur getan?
Er half Ni'yo, sich auf den Rücken zu legen, zog ihn an, gab ihm die Decke zurück. Ni'yo ließ all dies geschehen, ohne sich zu widersetzen.
Taube Empfindungslosigkeit wechselte stetig mit Wellen der Reue, der wütenden Selbstanklage, hilfloser Trostlosigkeit, ohne jede Hoffnung. Er mochte die letzte Grenze nicht überschritten haben, aber das machte nun auch keinen Unterschied mehr. Er zerbrach innerlich daran, wie Ni'yo vor ihm zurückzuckte, an seinen Tränen, dem erstickten Schluchzen.
Jivvin wartete, hielt sitzend Wache über seinem Opfer, betete, dass er mit diesem Angriff Ni'yo nicht vollständig vernichtet hatte. Aber wie sollte ein sterbliches Wesen all das ertragen, was Ni'yo in so kurzer Zeit widerfahren war? Wie gerne hätte er ihn getröstet und war schon wieder zur Tatenlosigkeit verdammt.
Als das haltlose Weinen verebbte, wagte er einen Blick auf seinen Gefährten. Ni'yo lag von ihm abgewandt, hatte sich zu einer Kugel zusammengerollt.
Jivvin räusperte sich mühsam und sagte dann leise:
„Was ich getan habe, ist durch nichts zu entschuldigen oder zu verzeihen. Ich habe deine Ehre gestohlen. Wenn du mich dafür richten willst, dann sofort, oder erhebe Anspruch auf mein Blut. Ansonsten begehe ich jetzt Impulkro."
Er wartete still, doch Ni'yo rührte sich nicht, zeigte mit keinem Wimpernschlag, ob er Jivvins Worte auch nur gehört hatte. Als er es nicht mehr ertragen konnte, wandte Jivvin sich um und zog seinen Dolch. Die Kette hinderte ihn, sich in den Säbel zu stürzen. Sorgsam überlegte er, wie er vorzugehen hatte. Für

gewöhnlich musste sich der entehrte Am'churi einfach nur in sein Chi'a fallen lassen und warten, bis er verblutet war, was durchaus einige qualvolle Stunden, in seltenen Fällen sogar Tage dauern konnte. Am liebsten hätte Jivvin gleich einige Wochen damit verbracht, so schmerzhaft und langsam wie nur möglich zu sterben, selbst das wäre als Strafe für sein Verbrechen noch zu gering. Aber er konnte es Ni'yo nicht zumuten, so lange an seiner Seite gefesselt zu bleiben. Dass der jüngere Krieger sich von ihm befreien würde, während er, Jivvin, noch lebte, schloss er aus.
Schließlich entschied er sich für einen schrägen Einstichwinkel unterhalb des Rippenbogens, der mit etwas Glück die große Bauchschlagader treffen und sein Leben binnen kurzer Zeit beenden würde. Hoffentlich nicht zu schnell, er wollte angemessen leiden!
Jivvin schickte ein letztes Gebet an Am'chur, auch wenn sein Gott ihn nicht gnädig empfangen würde, das war gewiss. Doch als er den Dolch ansetzte, bereit, sich zu töten, legte sich plötzlich eine Hand über den Griff und hielt ihn fest.
„Kein Impulkro", wisperte Ni'yo mit bebender Stimme.
Jivvin senkte demütig den Kopf.
„Also erhebst du den Anspruch auf mein Leben?", fragte er. Genau das hatte er erhofft – es war besser für Ni'yo, sich eigenhändig zu rächen. Vielleicht würde er dann all dies überstehen können, es irgendwann hinter sich lassen.
„Wenn der neue Tag beginnt", flüsterte Ni'yo heiser, sank dann wieder zurück auf sein Lager.
Jivvin rückte so weit von ihm ab, wie die Kette es erlaubte, und wartete zitternd vor innerer und äußerer Kälte, dass diese Nacht endlich enden mochte.

24.

Als die Dämmerung kam, setzte sich Ni'yo auf. Jivvin reichte ihm seinen Säbel und kniete nieder. Es war üblich, die Blutschuld mit der Waffe des Täters zu begleichen. Doch Ni'yo warf die Klinge achtlos zur Seite und sank vor Jivvin nieder, ergriff dessen rechte Hand und umschloss sie fest mit seinen eigenen Händen.

Jivvin nickte verstehend, zwang sich, die Augen zu öffnen und zuzusehen, wie Ni'yo das Martuz vollzog – jene selten angewandte Strafe für entehrte Am'churi, denen der Tod verweigert wurde. Man brach ihnen die Knochen beider Hände dergestalt, dass sie nicht mehr gerade zusammenwachsen konnten. Diese verkrüppelten Krieger konnten sich nur noch als Bettler am Leben erhalten, mussten zudem alles vermeiden, was sie dem Tod näher brachte. Das Martuz zwang sie zu essen, sich vor dem Wetter zu schützen, vor Gefahren in Acht zu nehmen, sogar zu kämpfen, wenn sie angegriffen wurden. Es gab keine schlimmere Strafe, kein härteres Urteil, denn dieses ehrlose Leben war grausamer als jeder Tod. Er hätte nicht gedacht, dass Ni'yo sich dafür entscheiden würde, zwang es ihn doch, noch weiter an Jivvins Seite ausharren zu müssen, bis sie endlich die Fessel loswerden konnten. Aber nun, Ni'yo war schon immer außergewöhnlich gewesen. Wie sehr, das hatte er nie verstanden.

Er harrte auf den Schmerz, das Brechen seiner Knochen. Worauf wartete Ni'yo denn noch? Der junge Mann hielt den Kopf so tief gesenkt, dass Jivvin sein Gesicht nicht sehen konnte. Ob Ni'yo erst Kraft sammeln musste? Quälte es ihn so sehr, die Hand zu berühren, die ihn geschändet hatte? Zweifelte er, ob Jivvin diese Strafe wirklich verdiente?

„Tu es einfach", flüsterte er. „Es ist gut so, tu es einfach."
Langsam hob Ni'yo den Kopf, blickte zu ihm auf. Dann führte er die Hand seines Peinigers an die Lippen, küsste jeden einzelnen Finger und gab sie frei.
„Das war alles, was ich heute tun wollte", wisperte er. Zahllose Emotionen spiegelten sich in seinen Augen, zu viele, als dass Jivvin sie alle hätte benennen können. Angst war am deutlichsten, gefolgt von Schmerz, Trauer, Sehnsucht. Er schüttelte den Kopf, unfähig zu begreifen, was gerade geschehen war.
„Was ...", begann er, doch Ni'yo legte ihm einen Finger an die Lippen und brachte ihn zum Schweigen.
„Jivvin, was siehst du, wenn du mich anblickst?", fragte er mit schwankender Stimme.
Von der seltsamen Frage, wie auch der tiefen Qual, mit der sie ausgesprochen wurde überrumpelt, starrte Jivvin ihn nur an, fand keine Worte für das, was er dachte.
„Sprich mit mir!", schrie Ni'yo. Tränen flossen über seine Wangen. „Sieh mich an und sag, was du dabei fühlst!"
Als Jivvin weiterhin stumm blieb, warf sich der junge Am'churi herum, floh, soweit die Kette es ihm gestattete, kämpfte heftig atmend um seine Fassung.
„Sprich es aus", flehte er schließlich. „Ich kann jede Wahrheit ertragen, aber ich will sie hören. Sag mir, was du in mir siehst!"
Die Verzweiflung in Ni'yos Stimme schnitt tief in Jivvins verwundete Seele. Zögernd näherte er sich dem jungen Mann, darauf bedacht, ihn nicht zu berühren, zutiefst aufgewühlt und verstört von der seltsamen Wende der Ereignisse.
„Ni'yo, ich weiß nicht, was ich sagen soll", flüsterte er. „Ich verstehe deine Frage, aber nicht die Antworten, die ich dazu finde. Du ... es gibt dich zweimal. Ich sehe dich an und sehe eine abscheuliche Ratte, eine widerwärtige, bösartige Kreatur,

deren bloßer Anblick mich krank macht. Es ist das, was ich schon immer gesehen habe, es ist das, was ich so sehr hasse und töten will, seit unserem ersten gemeinsamen Tag. Ich will dich leiden sehen, egal wie, dich verletzen, um jeden Preis.
Und dann sehe ich einen atemberaubend schönen Mann, einen Krieger, der es wert ist, Am'churi genannt zu werden. Einen zutiefst verletzten Menschen, dessen Einsamkeit und Schmerz mich weinen lässt, dessen Kraft ich so sehr bewundere. Einen Mann, den ich begehre, gleichgültig, welches Geschlecht er oder ich besitzen." Er streckte sehnsuchtsvoll die Hand aus, um Ni'yos Schultern zu berühren, ihn zu sich umzudrehen. Doch er wagte es nicht, und ließ sie langsam wieder sinken.
„Ich verstehe das alles nicht, Ni'yo. Wie kann es dich zweimal geben? Wie kannst du das hassenswerteste Geschöpf unter dieser Sonne sein, und zugleich das liebenswerteste? Ich bin so sehr zerrissen zwischen dem Wunsch, dich zu erschlagen und gleichzeitig mit meinem Leben zu verteidigen, dass ich es nicht ertragen kann. Es muss Wahnsinn sein. Vermutlich ist mein Geist verwirrt. Du solltest dich von mir befreien, bevor ich dir noch mehr Schmerz zufügen kann."
Er lehnte sich gegen die Felswand, überwältigt von all diesen widerstreitenden Empfindungen, schloss die Augen, um nicht weinen zu müssen. Er spürte, dass Ni'yo sich ihm zuwandte, wartete innerlich angespannt, was als nächstes geschehen würde.
„Es ist kein Wahnsinn", flüsterte Ni'yo, so nah an seinem Gesicht. „Zumindest hoffe ich es." Er setzte sich so dicht an Jivvin heran wie es ihm möglich war, ohne dass sie sich berührten.
„Ich will dir etwas von mir erzählen, Jivvin. Über das, was ich wirklich bin. Ich habe es noch niemandem erzählt, Leruam wie auch Am'chur hatten es verboten." Er blickte zu Boden, sprach

mit leiser Stimme, zögernd, als würde es schmerzen, dieses Geheimnis zu enthüllen.
„Mein Vater war ein Am'churi, der lebendig in die Hände der Schattenelfen fiel. Sie töteten ihn nicht, sondern stellten Versuche mit ihm an." Er bebte leicht, Jivvin wusste nicht, ob vor Zorn oder Scham. Wieder einmal hätte er Ni'yo so gerne getröstet, und wagte es nicht.
„Sie zwangen ihn, mit einer Elfe zusammenzukommen, die aus irgendeinem Grund zum Tode verurteilt war. Was sie sich genau davon erhofften, weiß ich nicht. Offenbar waren sie mit mir aber nicht zufrieden, denn sie wiederholten das Ritual, wenn man es so nennen darf, und erzwangen die Geburt meiner Schwester Lynea. Auch sie entsprach wohl nicht ihren Wünschen. Sie töteten meinen Vater. Meiner Mutter gelang die Flucht, Am'chur mag wissen, auf welche Weise. Mehrere Jahre lebte sie mit uns beiden an der Küste, versteckte ihren Körper unter Schleiern. Das Erbe der Kalesh zeigte sich weder bei meiner Schwester noch bei mir äußerlich, wenn man von recht dunklen Körperfarben absieht. Innen aber … es ist etwas in mir. Zorn, der alles zerstören will, Angst und Misstrauen vor den Menschen, und etwas, was alle vor mir zurückschrecken lässt. Ich bin stärker als ein normaler Mensch, selbst als ein normaler Am'churi, und ich bin eine Gefahr für alle. Ich habe mich bewusst immer von anderen fern gehalten, um ihrer Ablehnung zu entgehen. Am'chur berührte mich sehr früh, ermöglichte es mir dadurch, zu überleben, dem Hass und der Angst aller Menschen standzuhalten. Er verlangte, dass ich allein gelassen werde, damit ich aus meiner Einsamkeit lerne. Daran wachse, von niemandem abhängig zu sein."
„Warum hat mir Leruam nicht davon erzählt? Als ich dich damals vergiftet und sterbend gefunden hatte, sagte er mir einiges, verlangte von mir, dass ich dich weiter hassen soll.

Warum hat er mir nicht die Wahrheit erzählt, statt mich davon abzuhalten, mein eigenes Verhalten zu hinterfragen?"
„Das solltest du gar nicht, Jivvin. Du warst von Anfang an von Leruam auserwählt, mich zu töten." Noch immer weigerte sich Ni'yo, ihn anzublicken. „Du bist der einzige Krieger, der machtvoll genug dafür ist. Leruam hasst mich nicht, er fürchtet nur, was ich werden könnte. Was geschieht, wenn ich einmal die Beherrschung wirklich verlieren sollte und das Erbe meiner Mutter in mir erwacht. Die Kräfte, die niemals hätten gemischt werden dürfen. Er würde mich nicht töten, nicht von eigener Hand, aber er wäre glücklich, wenn du mich als Problem beseitigst. Die ewige Sorge von ihm nimmst und ihm damit Erlösung schenkst … Am'chur hat sein Leben an das meine gebunden. Solange es mich gibt, muss Leruam auf Aru ausharren, darf nicht sterben, es sei denn, er wird ermordet. Er wirft mir das nicht vor, aber wenn du ihm diese Last abnehmen würdest …"
„Du meinst, er ist zu ehrenvoll, um die Dinge absichtlich zu ändern, aber er würde auch nicht eingreifen, um dir zu helfen, wenn er es nicht muss", sagte Jivvin langsam.
„So ist es. Leruam bemitleidet mich, er würde mir nicht schaden. Er will dich stärken, Jivvin, nicht mich schwächen. Wenn ich schon vernichtet werden muss, sollst wenigstens du daraus als Gewinner hervorgehen."
Ni'yo rückte ein wenig von ihm ab, legte den Kopf auf die Knie, von Jivvin abgewandt.
„Was du letzte Nacht getan hast, Jivvin, das warst nicht du. Das, was die Elfen in mir hinterlassen haben, hat deinen Verstand verwirrt, als du für einen Moment lang wehrlos warst. Dein … Verlangen nach mir hat dich überwältigt, so sehr, dass du mich unehrenhaft sterben lassen wolltest. Du bist schuldlos, Jivvin, darum verdienst du es nicht, getötet zu werden. Es war

wieder einmal ich selbst, der das Böse in den Menschen weckte. Weißt du, all diese Macht über meinen Körper, die ich besitze, diese Kraft, ich würde sie jederzeit wegwerfen, wenn ich die Wahl hätte. Lieber wäre ich ein Bauer, ein gewöhnlicher Mensch, ohne Wissen, was ein Schwert überhaupt ist. Ich würde gerne mit nichts anderem meinen Tag verbringen als mit der Sorge um Acker und Vieh, als dieses Leben zu ertragen, das ich führen muss."
Lange Zeit saßen sie schweigend nebeneinander, ein jeder in tiefe Gedanken versunken.
„Du sprichst mich von jeder Schuld frei, Ni'yo, aber ist es wirklich so?", sagte Jivvin schließlich. „Wenn ich mich besser beherrscht hätte, dann hätte ich dich nicht angegriffen, oder? Schatten der Elfen hin oder her!"
Seufzend blickte der junge Mann zu ihm auf. „Vielleicht nicht in dieser Nacht, Jivvin, vielleicht erst heute, oder kommende Nacht. Aber es wäre geschehen, da bin ich mir sicher. Ich habe zu spät begriffen, was sich da entwickelte, konnte einfach nicht glauben, dass du echtes Verlangen nach mir hast. Ich dachte, es wäre nur eine neue Form von Hass, ein Mittel, mich zu quälen, nachdem du anhand meiner Alpträume erfahren hast, wovor ich mich fürchte."
Jivvin schüttelte den Kopf, entschlossen, sich nicht von etwas frei sprechen zu lassen, für das er sich schuldig sah.
„Du hast diese Alpträume, weil ich dich schon vorher entehrt habe", wisperte er. „In der Höhle, als du so erschöpft warst, da habe ich dich … angefasst. Es war Neugier, ich war sicher, dass du tief genug schläfst. Es gefiel mir so gut, ich konnte nicht aufhören … Aber ich habe dich nur angefasst, ich schwöre es! Das war das erste Mal, dass ich dich als Mensch sah, nicht als Feind. Nein, das zweite Mal. Als Perénn dich vergiftete, da war das auch schon einmal geschehen, aber damals hatte ich nur

Mitleid mit dir. Leruam befahl mir, davon abzurücken, sprach davon, dass ich die zerstörerische Kraft in dir hassen und mich genau darauf konzentrieren solle … Aber da in der Höhle, das war anders, ich wollte dich …“ Verstört brach er ab. Ni'yo war noch blasser als zuvor geworden, reagierte aber sonst nicht weiter auf diese Enthüllung.
„Wie soll das denn jetzt weitergehen?“, fragte Jivvin ratlos. „Wie soll ich mit dem leben? Wie willst du damit leben? Was können wir denn jetzt überhaupt noch …“
Er verstummte, zu aufgewühlt, von zu viel Schuld zerrüttet, um noch denken zu können.

Ni'yo rang mit sich. Er wusste, was er tun wollte, tun musste, wollte er die Schuld gegenüber Jivvin abtragen. Hoffnung, Würde und einen Grund, weiterleben zu wollen, das alles schuldete er diesem Mann.
Und trotzdem zauderte er, denn er wusste nicht, ob er es tun konnte. Ob er es tun durfte.
Was hast du zu verlieren, Am'churi?, fragte er sich selbst. *Nichts mehr. Außer vielleicht das allerletzte bisschen Hoffnung und Würde. Also nichts, was am Ende fehlen würde.*
Er drehte sich ein wenig, lehnte sich leicht gegen Jivvins Schulter, zögernd und verkrampft.
„Ni'yo?“ Jivvin blickte sorgenvoll auf ihn herab. Genau das, was er jetzt überhaupt nicht wollte!
„Es ist alles gut. Ich würde nur gerne … wenn du nichts dagegen hast …“ Er hätte über seine eigene Verlegenheit schreien können. Warum sprach er nicht einfach aus, was er wollte? Zeigte deutlich, was er sich wünschte?
„Wir sollten etwas essen und weitergehen, oder?“
Ni'yo schüttelte stumm den Kopf und lehnte sich etwas nachdrücklicher an seinen Gefährten. Warum konnte es nicht

so sein wie gestern, als sie so natürlich und vertrauensvoll dagesessen und gefrühstückt hatten? Wut auf sich selbst, alle Götter und Dämonen der Zwischenwelt und das Schicksal als solches brachte ihn zum Zittern.

„Ni'yo, was ist los?" Jivvin schob ihn von sich, versuchte, ihm ins Gesicht zu blicken. Verzweifelt wich Ni'yo ihm aus, er wollte jetzt weder Sorge noch Mitleid ertragen müssen.

Da legte sich Jivvins Hand unter sein Kinn, zwang ihn behutsam, sich ihm zuzuwenden.

„Bist du sicher?", fragte Jivvin heiser. Stumm nickte Ni'yo ihm zu, er wusste, was sein Gefährte meinte, war so dankbar, dass Jivvin es selbst erraten hatte.

„Ni'yo, willst du das wirklich? Ich meine, willst du es für dich? Es wäre … unerträglich, wenn du nur glaubst, mir einen Gefallen tun zu müssen, damit ich mich nicht schuldig fühle…"

Ni'yo fuhr zurück, als hätte er einen Schlag erhalten.

„Wie kannst du glauben, ich wäre überhaupt fähig, mich so zu erniedrigen?", zischte er wütend. „Hältst du mich für eine Hure? Ich bettle nicht um Gefälligkeiten und ich würde mit Sicherheit NIEMALS …"

Ni'yo brach ab, erstickt von Wut und Fassungslosigkeit, wirbelte herum und floh, soweit die Fessel ihn ließ.

Ich sollte mir die Hand abschlagen und die Klippe da runterspringen, dann hab ich's hinter mir!

„Ni'yo?" Jivvin stellte sich hinter ihn, legte die Hand auf seine Schulter. Ni'yo versteifte sich, unfähig, noch mehr Demütigungen hinzunehmen.

„Bitte verzeih mir, ich wollte dich nicht beleidigen. Ich konnte mir einfach nicht vorstellen, dass du dir wirklich wünschst, berührt zu werden, nach allem, was war."

„Lass mich einfach, Jivvin. Ich kann nicht mehr, lass mich!“ Er versuchte, sich aus Jivvins Griff zu befreien, doch der ließ sich nicht abschütteln.
„Ni'yo, sieh mich an!“
Jivvins Hand schloss sich um seinen Arm und zog ihn zu sich heran. Ni'yo wehrte sich nicht, er lehnte den Kopf gegen Jivvins Brust und umarmte ihn, haltsuchend, verzweifelt. Jivvin hielt ihn an sich gedrückt, streichelte beruhigend über seinen Kopf. Fast unhörbar wisperte er: „Du weißt so gut wie ich, dass Liebe zwischen uns keine Zukunft hat. Doch wenn du etwas anderes für mich fühlst als Hass und Furcht, dann … ich wäre so froh.“
„Ich weiß nicht, was ich empfinde, Jivvin. Ich weiß nur eines mit Sicherheit: Ich fürchte keinen Schmerz. Ich fürchte nicht den Tod. Mir ist egal, wie sehr man mich hasst. Wovor ich Angst habe ist Einsamkeit.“
Ni'yo blickte in die nussbraunen Augen, die ihn betrachteten, nicht von Hass oder Mitleid erfüllt, sondern von Staunen und Sehnsucht.

„Erzähl mir davon“, bat Jivvin. Er streichelte Ni‘yos Wangen, über sein Kinn, nahm seinen Kopf sacht zwischen beide Hände. Mit flackerndem Blick folgte Ni'yo ihm, fügte sich willig in den Kuss. Wellen flüssigen Feuers pulsierten durch Jivvins Adern, raubten ihm fast den Verstand. Doch er beherrschte sich, forderte nichts, erkundete sanft die Lippen, die er kurz zuvor so brutal in Besitz genommen hatte. Es fühlte sich so viel besser an, wie es jetzt war, so gut … Nach einigen Augenblicken erwiderte Ni'yo den Kuss, und die angstvolle Spannung in seinem Körper ließ ein wenig nach. Jivvins Hände lagen noch immer auf den Wangen seines Gefährten, strichen nun langsam durch das dichte, schulterlange Haar, liebkosten Hals und Nacken. Das schien Ni'yo zu beruhigen; er

entspannte sich völlig, und plötzlich öffnete er die Lippen, hieß Jivvins Zunge mit der eigenen willkommen. Beinahe ängstlich wagte Jivvin sich vor, drang in den weichen, warmen Mund ein, umarmte den Mann, den er so sehr begehrte.
„Erzähl mir davon“, wiederholte Jivvin schließlich atemlos, als er sich widerstrebend von den Lippen trennte, die so süß schmeckten, immer noch so verheißungsvoll nahe waren.
„Ich war immer einsam, allein mit allem, was mir widerfuhr. Zwei Völker vereinen sich in meinem Körper, ein Gott hat mich berührt und beansprucht meine Seele, und trotzdem war und bin ich allein … Ich bin in einem Tempel voller Waffenbrüder aufgewachsen und war immer allein. Keine Familie, keine Freunde. Nur Feinde, deren Hass alles war, das mir zeigte, ich bin überhaupt anwesend.“ Ni'yo vergrub seinen Kopf an Jivvins Hals, klammerte sich so eng an ihn, als wollte er mit ihm verschmelzen. „Wann immer jemand mich verletzte, zeigte mir der Schmerz, dass ich noch lebendig bin. Ich liebe diese Schmerzen nicht, aber ich schätze sie trotzdem, verstehst du? Zumindest, wenn sie mich nicht so sehr schwächen, dass ich nicht mehr leben kann. In meinen Alpträumen, und gestern Nacht, als ich … als du … es war nicht der Schmerz, die Schande oder die Demütigung. Nicht einmal das Lachen des Dämons, das ich mir einbildete, oder das Gefühl, wehrlos ausgeliefert zu sein. Der ganze Hass … All das war schlimm, aber ich hätte es ertragen. Schlimmer als all das war die Einsamkeit. In meinen Träumen hast du mich benutzt, deine Lust an mir befriedigt. Aber obwohl du in mir warst, in mir drin, war ich einsam. Vollkommen allein.“
Unterdrückt schluchzte er auf, erstickte fast an den Tränen, die er nicht zulassen wollte. Jivvin streichelte ihm in gleichmäßigem Rhythmus über Arme und Rücken, versuchte ihm Trost zu

geben. Er war so dankbar dafür, dass er es endlich versuchen durfte.

„Als du mich gestern gehalten hast, zum Essen, das war so gut ... es war Nähe. Ich war niemals einem Mensch so nah, seit ich meine Familie verloren habe. Du hast mich nicht verabscheut, nicht bemitleidet, sondern einfach nur zugelassen, dass ich dir nahe bin. Und in der Nacht, bevor der Hass dich verschlang, das war ... es hat mich erschreckt, aufzuwachen und deine Hände auf mir zu spüren, aber ich mochte es." Er blickte hoch, blind vor Tränen. „Ich mochte es!", wiederholte er laut, als müsste er Jivvin überzeugen.

Fassungslos wiegte Jivvin ihn in den Armen, dicht an sich gedrückt, hielt ihn fest. Sollte sich wirklich alles zum Guten wenden? Wenigstens für einige Stunden? Er wagte beinahe nicht zu hoffen, doch noch viel weniger wollte er Zweifel zulassen. Wenn dies für ihn und Ni'yo die einzige Gelegenheit war, neunzehn Jahre Schmerz, Hass und Unglück zu überwinden, durfte er sie nicht vergeuden!

Beinahe unmerklich ließ er die Hände unter Ni'yos Hemd gleiten, streichelte den warmen Körper, bis sich die verkrampften Muskeln entspannten, der Atem sich beruhigte. Er zog seinen Gefährten mit sich zu Boden, suchte nach den vollen Lippen, küsste sie, erst sanft, dann fordernder. Leidenschaft entflammte seinen Leib, doch es war keine dunkle, unheilvolle Lust, die ihn beschämte, sondern eine wunderbare Kraft, die sich aus dem nährte, was er nahm, was Ni'yo ihm freiwillig schenkte, aus allem, was er selbst seinem Geliebten gab. Unwillig streifte er das störende Hemd über Ni'yos Kopf, wärmte die entblößte Haut des Kriegers mit seinen Händen und seinen Küssen. Ni'yo stöhnte, drängte sich ihm entgegen, zerrte nun seinerseits an dem Stoff, der ihn von Jivvin trennte. Lachend riss Jivvin das Hemd von sich, versank dann wieder in

leidenschaftlicher Umarmung, genoss die starken Hände, die voller Neugier und Sehnsucht über seinen Körper strichen. Die Luft war eisig, doch das störte sie nicht.
Irgendwann waren die Küsse nicht mehr genug, verlangte es Jivvin nach mehr als nur dem Oberkörper seines Geliebten. Es gab so viel mehr zu entdecken, so viel, was er zuvor nur verstohlen berühren konnte. So viele Unterschiede zwischen Ni'yo und den Frauen, die Jivvin bis jetzt geliebt hatte. Er legte sich langsam auf Ni'yo nieder, belastete ihn zögernd mit seinem Gewicht, auf der Hut vor abwehrenden Reaktionen. Verwirrt musterte Ni'yo ihn, spürte sicher sein Unbehagen.
„Du bist so schön", flüsterte Jivvin ihm lächelnd zu.
„Meinst du das wirklich?" Hoffnungsvoll erwiderte Ni'yo das Lächeln. Liebevoll strich Jivvin über sein Gesicht, küsste ihm spielerisch auf die Nasenspitze, was Ni'yo zum Lachen brachte. Es traf Jivvin tief, dass er ihn zum ersten Mal wirklich lachen hörte, nicht bitter oder spöttisch, sondern heiter, aus leichtem Herzen. Unsicher, ob er noch mehr wagen sollte, veränderte er langsam seine Position. Ni'yo schrak leicht zusammen, als Jivvin seine Hände tiefer gleiten ließ, an der Verschnürung seiner Hose nestelte. Doch er entspannte sich sofort wieder und hielt den Blick seines Gefährten gefangen. Leichte Angst war darin sichtbar, aber noch mehr Vertrauen, Sehnsucht und Hoffnung.
„Sag es mir, wenn du etwas nicht willst", bat Jivvin, umspielte Ni'yos linkes Ohrläppchen mit der Zunge. „Versprich es mir. Ertrage nichts, egal aus welchem Grund."
„Wenn du mir das Gleiche versprichst", keuchte Ni'yo atemlos, „dann schwöre ich dir jeden Eid."
„So sei es." Jivvin fuhr mit der Zunge über den Oberkörper des Kriegers, verharrte kurz, um an beiden Brustwarzen zu knabbern, rutschte tiefer und befreite Ni'yo von all den lästigen

Stoffschichten. Ihm gefiel die Erregung, die sich ihm entgegenreckte, er streichelte über die sehnigen Beine, die schmalen Hüften, ließ sich langsam zwischen Ni'yos Schenkeln niedersinken. Ein Hauch von Schuldgefühl streifte sein Bewusstsein, als er verblassende Spuren von seiner Raserei auf Ni'yos Haut fand. Er streichelte sanft über diese Makel, blickte rasch hoch, doch Ni'yo hatte die Augen geschlossen und wirkte auf angeregte Weise entspannt. Jivvin beugte sich vor, forschend leckte er über den Bauch, kitzelte mit der Zungenspitze im Nabel, züngelte sich dann tiefer, hörte dabei keinen Moment lang auf, mit beiden Händen über den festen Körper zu streicheln. Es erregte Jivvin zutiefst, als Ni'yo sich unter ihm aufbäumte, nach Luft schnappte. Er ließ seine Zunge über die Spitze des heiß erregten Glieds spielen, streichelte über die bebenden Hüften und das Gesäß seines Geliebten, nahm dann gierig das Geschlecht in den Mund. All dies war so neu für ihn, und doch so richtig, als hätte er sein Leben lang nur auf diesen Moment gewartet.

„Am'chur", stöhnte Ni'yo, und drängte sich Jivvin entgegen. Mit der freien Hand erforschte Jivvin jeden Winkel des nachgiebigen Körpers, mit der gefesselten hielt er Ni'yos Rechte, ließ sich von den starken Fingern umklammern, entschlossen, ihm Nähe zu geben, Halt, wenn nötig auch Trost. Er saugte an dem hart geschwollenen Schaft, ließ immer wieder seine Zunge kreisen, reizte den stöhnenden, nach Atem ringenden Mann, bis Ni'yo sich zitternd ergoss.

„Jivvin", flüsterte er, spürbar außer sich vor Erregung. Hastig glitt Jivvin nach oben, zog ihn an sich, wisperte beruhigende Worte. Es dauerte eine Weile, bis Ni'yo sich wieder in seinen Armen entspannte. Tränen schimmerten in seinen Augen, doch er weinte nicht.

„Danke“, sagte er leise, strich ein wenig verloren über Jivvins Rücken. „Du weißt, wie ungerecht das ist?“, fuhr er fort.
„Was?“
„Ich muss hier ganz alleine frieren!“ Bevor Jivvin auch nur lachen konnte, hatte Ni’yo ihm die Hosen gestohlen, kehrte dann zurück in die warme Umarmung, und zog mit der freien Hand eine der Decken über sie beide.
Jivvin ergab sich gerne den Fingern, die neugierig, ein wenig scheu, nun seine verborgensten Stellen erforschten. Er mochte, was Ni’yos Hände und Zunge in ihm weckten, doch das war es nicht, was er sich ersehnte. Er würde es nicht fordern, nicht einmal danach fragen. Sich zufrieden geben, wenn Ni’yo ihm die Lust mit den Händen stillte. Aber nur zu gerne würde er diesen Körper ganz und gar besitzen … Und sei es nur ein einziges Mal. Lustvoll stöhnte er auf, als Ni’yos Finger energischer zugriffen, sein schmerzlich erregtes Glied massierten. Plötzlich setzte Ni’yo sich auf, zog Jivvin in die Höhe, als wäre er leicht wie eine Feder und brachte ihn dazu, sich gegen die Felswand zu lehnen. Verwundert folgte Jivvin jeder stummen Weisung, keuchte auf, als Ni’yo sich auf seinen Schoß setzte und die Arme um ihn schlang.
„Bist du sicher?“, fragte er. Ni’yo verschloss ihm die Lippen mit einem leidenschaftlichen Kuss, drückte sich dabei an den pulsierenden Schaft. Jivvin fühlte sich plötzlich so ungeschickt und nervös wie bei seinem allerersten Mal, bis er den Weg zu seiner Erfüllung fand, und drang tief ein.
„Wenn es weh tut …“, begann Jivvin, doch Ni’yo schüttelte den Kopf, küsste ihn mit so viel Leidenschaft, dass alle Bedenken verglühten. Er spürte, wie sich Ni’yos Inneres weitete, bis er Jivvin fast zur Gänze in sich aufgenommen hatte. Er konnte sich kaum noch beherrschen, zwang sich, mit aller Kraft zu warten, dass sein Geliebter für ihn bereit war. Ni’yo stöhnte

vor Lust, bog sich weit zurück und stützte sich mit den Händen am Boden ab. Jivvin hielt ihn mit der gefesselten Hand, schob sich vorsichtig höher, umfasste mit der freien Hand Ni'yos Glied, das bereits wieder vollständig erregt war.
„Jivvin!", schrie Ni'yo heiser, presste sich ihm entgegen. Der Ausdruck vollkommener Erfüllung auf diesem wunderschönen Gesicht sprengte den letzten Rückhalt. Wild stieß Jivvin in den sich aufbäumenden Körper hinein, brüllte seine Lust heraus, all die Schmerzen, alles, was sich über viel zu lange Zeit aufgestaut hatte, und versank in Ekstase.

Lange Zeit regte sich keiner von ihnen. Sie klammerten sich eng aneinander, wärmten sich gegenseitig, rangen gemeinsam um Atem. Irgendwann wurde Jivvin bewusst, dass er sich noch immer in Ni'yos Leib befand. Er blickte auf seinen Geliebten nieder, der mit geschlossenen Augen an seiner Schulter ruhte, küsste ihn sanft auf die Schläfe.
„Das muss unangenehm für dich sein, komm her", flüsterte er, und zog ihn langsam mit sich. Ni'yo bewegte sich nur träge, ließ aber zu, dass Jivvin sich von ihm löste, ihn mit sich zu Boden nahm, ohne ihn dabei nur einen Moment lang loszulassen.
„Alles gut?", vergewisserte er sich besorgt, während er die Decke über ihre allmählich auskühlenden Körper ausbreitete. Ni'yo seufzte, nickte ihm zu, ohne die Augen zu öffnen.
„Dann schlaf ein wenig", wisperte Jivvin, brachte sich in eine bequeme Position, in der er mit Ni'yo umschlungen bleiben konnte, ohne dass ihm sämtliche Gliedmaßen abgedrückt wurden. Kurz bevor er selbst einschlief, wurde ihm etwas bewusst: Er sah Ni'yo nicht länger zweimal. Der Hass war verschwunden. Geblieben war nur der Mann, den er neunzehn Jahre lang nicht hatte sehen können.

25.

Ni'yo erwachte von dem Gefühl, beobachtet zu werden. Alarmiert schreckte er hoch, fand das Gesicht seines Feindes über sich. Das war Jivvin nun sicherlich wieder – sein Feind. Schon vor langer Zeit hatte Ni'yo sich damit abgefunden, dass ihm kein Augenblick des Glücks vergönnt war. Jegliche Hoffnung, es könnte sich etwas zum Guten wenden, war jedes Mal zerschlagen worden. Warum sollte es diesmal anders sein? Unfähig, sich dem gewohnten Hass zu stellen, wandte er sich ab. Ob Jivvin ihn für das bestrafen würde, was zwischen ihnen geschehen war? Ihn anklagen würde, Rauschmittel in sein Essen gemischt zu haben oder etwas ähnliches? Er wünschte so sehr, es würde nicht geschehen, wollte aber nicht hoffen. Sich etwas vormachen und dann doch wieder enttäuscht werden. Besser, sich gleich mit der Realität seines Daseins abzufinden. Kein Mensch hielt es dauerhaft in seiner Nähe aus, so war es nun einmal. Er würde sich einen Grund suchen, warum er anschließend noch weiterleben wollte, nach allem was geschehen war … oder auch darauf verzichten. Ihm war es egal.
„Ni'yo?"
Er versteckte sein Gesicht, lachte dabei innerlich über seine eigene kindliche Reaktion. Soweit war es schon gekommen? Dass er hoffte, sein Feind würde ihn übersehen, wenn er selbst ihn nicht sehen konnte?
„Ni'yo, was ist los? Warum weinst du?"
Verblüfft spürte er, dass er tatsächlich weinte. Starke Hände zogen an ihm, verharrten kurz, als er sich mit aller Macht dagegen spannte, hoben ihn dann einfach hoch in eine feste Umarmung.
Ängstlich blickte er auf, und versank in den Augen, die voller Sorge und Liebe leuchteten.

„Hasst du mich denn nicht?“, stammelte er, ergab sich den Armen, die ihn umfingen, Halt und Nähe schenkten.
„Nein. Nein, ich hasse dich nicht. Alles ist gut“, flüsterte Jivvin, streichelte über seinen Kopf, wiederholte diese Worte wieder und wieder, bis Ni'yo es wagte, sie zu glauben. Zu hoffen, so weit war er noch nicht. Er klammerte sich an diesen Moment und schob die Zukunft von sich.
„Lass uns diese Fessel loswerden, ich will dich halten, ohne dass es uns beiden weh tut“, flüsterte Jivvin. „Ich schwöre, ich finde heraus, warum uns das angetan wurde, und dann ich reiße den Verantwortlichen lebendig in Stücke!“
Lächelnd studierte Ni'yo den Zorn in Jivvins Gesicht. Er hatte nicht gewusst, dass auch Zorn ein Gefühl sein konnte, das sich teilen ließ, obwohl er selbst diese Wut nicht empfand. Es war so gut zu wissen, er war nicht das Ziel … diesmal nicht.
„Ein Schritt nach dem anderen“, sagte er begütigend. Er wollte die Hoffnung nicht zerstören, die Jivvin zu hegen schien. All dies war so neu für ihn, dass es ihn verängstigte, darüber nachzudenken. Wenn er nun einen Fehler beging? Etwas sagte, das Jivvin beleidigte? Sich zu sehr an ihn klammerte und dadurch erstickte, was zwischen ihnen zu wachsen begann? Was war richtig und falsch, wie sollte er das wissen?
„Du hast Recht. Wir müssen jetzt erst einmal nach Kauro und diese Kette loswerden“, stimmte Jivvin ihm zu. „Bist du stark genug zu laufen? Was ist mit der Kopfwunde?“
„Sie heilt“, brummte Ni'yo nachlässig. Er hatte sie völlig vergessen, aber nun meldete sich tatsächlich der Schmerz wieder. Leicht zu ertragen, und es würde ihn nicht mehr behindern.
Sie zogen sich lachend gegenseitig an, suchten dann die letzten Vorräte zusammen.

„Teilen wir sie auf, oder gönnen wir uns noch einmal ein gutes Essen?“, fragte Jivvin.
„Wie weit ist es denn von hier bis nach Kauro?“
„Rund fünfzehn Meilen, schätze ich. Zwar in erster Linie bergab, aber das Gelände ist schwierig, alles ist nass geregnet, und wenn ich mir die Wolken ansehe, wird es heute noch mehr Wasser von oben geben.“
„Wahrscheinlich wird es kommende Nacht richtig frieren, vielleicht sogar schneien, nicht wahr?“, fragte Ni'yo nachdenklich. „Also sollten wir laufen, so lange wir nur können, bis wir angekommen sind, was möglichst noch vor dem Sturm geschehen sollte.“
„Du hast Recht. Also, lass uns alles aufessen und dann rennen, soweit die Füße uns tragen wollen.“
Sie zogen dennoch das Frühstück in die Länge, mehr, als sie selbst für statthaft hielten. Ni'yo lag gegen Jivvins Brust gelehnt, ließ sich füttern und mit Essensbissen necken, die ihm immer wieder vor die Lippen gehalten, dann aber im letzten Moment fortgezogen wurden. Er selbst hielt es ähnlich mit Jivvin. Ein solches Spiel war ihm fremd. Lachen war fremd. Beides war so gut, dass es ihn innerlich fast zerriss vor Angst, es vielleicht nie wieder erleben zu dürfen. Lieber aber dieses Glück erfahren und den Rest seines sinnlosen Lebens darum trauern, als niemals glücklich zu sein … Daran glaubte er, mit seiner ganzen Kraft.
Irgendwann trennten sich sie bedauernd, sie wussten, jede Minute, die sie selbstvergessen verstreichen ließen, würden sie bitter bereuen, wenn der Sturm sie einholen sollte.
„Ich bin ausgeruht genug. Lauf, Jivvin, du kennst dich in dieser Ecke aus. Ich folge dir.“

Jivvin nickte, musterte ihn noch einmal besorgt, sagte aber nichts. Er wusste nur zu gut, dass Ni'yo sich nicht schonen würde.

~*~

„Siehst du etwas?", wisperte Jivvin ihm zu. Es war tief in der Nacht, sie kauerten halb erfroren auf einem Hügel, der das Dorf Kauro überblickte. Den ganzen Tag waren sie gerannt, vor dem Schneesturm geflohen, der sich von Mittag an vorangekündigt und sie vor Stunden eingeholt hatte. Es war Jivvins Richtungssinn zu verdanken, dass sie überhaupt noch das Dorf gefunden hatten. Nun mussten sie sich nur noch vergewissern, dass sie die einzigen Verrückten waren, die hier draußen im knöcheltiefen Schnee feststeckten und wirklich keine Feinde auf sie lauerten.
„Ja. Ich sehe hell erleuchtete Häuser, ich sehe dunkle Häuser, ich sehe Ställe. Und vor allem sehe ich jede Menge Schnee", knurrte Ni'yo erschöpft. „Das da vorne dürfte die Schmiede sein, und wenn nicht, ist es mir auch egal. Ich spüre meine Füße nicht mehr."
„Schon gut, lass uns gehen. Wenn es eine Falle sein sollte, merken wir es noch früh genug."
„Im Augenblick würde ich mich gerne gefangen nehmen lassen, wenn man uns an einem warmen Ort einsperrt!"
Sie schlichen in das Dorf, hielten sich im Schatten der niedrigen Steingebäude und spähten durch die erleuchteten Fenster der Schmiede.
Eine hoch gewachsene, breitschultrige Gestalt stand neben der Esse und beugte sich prüfend über das Feuer, sonst war niemand zu sehen oder zu hören, auch nicht in den Wohnräumen.

Die beiden Am'churi nickten einander zu. Jivvin öffnete die schwere Holztür, konnte trotz aller Vorsicht nicht verhindern, dass sie in den Angeln quietschte. Die Gestalt wirbelte herum, einen schweren Schlaghammer in den Händen – und erstarrte, als zwei Säbel sie in Schach hielten. Ni'yo und Jivvin musterten ihr Gegenüber verblüfft. Es war eine Schmiedin, die größte Frau, die sie beide je gesehen hatten. Sie überragte Jivvin um mindestens einen halben Kopf und war wesentlich massiger als sie beide zusammengenommen. Nicht alles davon waren Muskeln, doch die Arme wirkten stark genug, um einen Stier zu erwürgen. Nachdem die drei sich eine Weile lang gegenseitig angestarrt hatten, senkte die Schmiedin langsam den Hammer.
„Wenn ihr zwei auf der Suche nach Schätzen seid, müsst ihr die falsche Abbiegung genommen haben. In ganz Kauro gibt es nichts, was irgendeine Mühe wert wäre." Bei ihrem massigen Brustkorb hätte Ni'yo einen dröhnenden Bass erwartet, aber die Frau sprach leise, mit zwar tiefer, aber wohlklingender Stimme. „Da ihr aber ziemlich erfroren und verhungert ausseht, müsst ihr wohl gedacht haben, das hier wäre die Dorfschenke. Die ist drei Häuser weiter, rechts gesehen." Ihr Blick fiel auf die Eisenschellen und die Kette, die Ni'yos und Jivvins Hände verbanden.
„Hm, wenn ihr nicht eine ziemlich merkwürdige Vorliebe für Fesselspiele habt, dürftet ihr entflohene Sklaven sein – dann wiederum wärt ihr bei mir richtig gelandet."
Etwas an der entspannten, leicht spöttischen Redeweise der Frau verwirrte Ni'yo ungemein. Sie blickte ihn offen an, ohne Hass, Wut oder Angst. Das war so fremd für ihn, dass er gar nicht wusste, wie er auf sie reagieren sollte. Einschüchternd? Beruhigend? Sollte er verhandeln, lügen, drohen?

„Wie wäre es, wenn ihr zwei Hübschen eure Zahnstocher wegsteckt und mir sagt, was ihr wollt? Vielleicht bekommt ihr es dann sogar?“
Sprachlos wechselten Jivvin und Ni'yo einen kurzen Blick. Zugegeben, vollkommen durchweicht, blau gefroren, barfuß und in den zerrissenen, schmutzigen Kleidungsstücken wirkten sie nicht allzu beeindruckend. Dennoch, so viel Respektlosigkeit waren sie einfach nicht gewohnt. Jivvin fasste sich zuerst und legte seine Waffe zur Seite. Ni'yo hingegen konnte nicht aufhören, die Frau anzustarren, bis diese amüsiert zu grinsen begann.
„Hör zu, Kleiner, du bist wirklich niedlich, aber ich hab's nicht mit deiner Sorte, verstanden? Also, weggelaufene Sklaven meine ich, Männer an sich schon. Ich bevorzuge allerdings Kerle, die so ungefähr meine Augenhöhe haben, und die sind leider rar gesät.“
Völlig aus der Fassung gebracht schnappt Ni'yo nach Luft.
Niedlich???
Vielleicht hatte man ihn als Säugling für niedlich gehalten, aber seither …
Jivvin begann zu lachen, erst leise, dann schon bald aus vollem Hals, bis er nach Luft japsen musste.
„Verzeih, werte Frau Schmiedin, du kannst es nicht wissen, aber das war so ungefähr das Irrsinnigste, was jemals irgendjemand zu ihm gesagt hat!“, prustete er halb erstickt hervor, bevor er weiterlachte. Ni'yos Verfassung wechselte rasch von sprachloser Verwirrung zu Wut, von Verlegenheit zu Ärger über Jivvins Ausbruch, bis er sich schließlich anstecken ließ und ebenfalls loslachte.
„Ihr zwei seid eindeutig ein paar merkwürdige Vögel“, brummte die Schmiedin, wartete aber geduldig, bis ihre ungebetenen Gäste sich gefangen hatten.

„Wir sind keine entlaufenen Sklaven“, erklärte Jivvin schließlich, während er sich Lachtränen aus den Augen wischte. „Wir sind Am'churi, die ein wenig … Pech hatten.“
„Am'churi?“, hakte sie nach, mit stark zweifelndem Unterton.
„Ich weiß, wir sehen weder danach aus, noch benehmen wir uns so, aber wir haben eine wirklich etwas … schwierige Zeit hinter uns. Wenn du so gütig wärst, uns von dieser Fessel zu befreien, möglichst, ohne uns dabei zu beschädigen, könnten wir dir vielleicht ebenfalls behilflich sein“, sagte Ni'yo mit so viel Würde, wie er noch zusammenkratzen konnte.
„Und was darf ich unter behilflich sein verstehen? Selbst wenn ihr Am'churi sein solltet, wüsste ich nicht, was ihr für mich tun könntet. Meine Arbeit schaffe ich allein. Zu dieser Jahreszeit will niemand seine Pflugscharen ausgebessert oder sein Schlachtermesser nachgeschliffen haben.“
„Wir sind Am'churi. Zwar können wir dich nicht in höhere Geheimnisse einweihen, und deine Werkstatt ist nicht für das Herstellen von Stahl geeignet, aber mir fallen auf Anhieb drei einfache Vorschläge ein, mit denen du die Qualität deiner Arbeit verbessern kannst“, versicherte Ni'yo.
Neugierig neigte die Schmiedin den Kopf zur Seite, musterte die beiden Männer prüfend.
„Nenn mir einen, und ich befreie euch von dem Ding, ohne euch auch nur zu kratzen. Nenn mir drei, und ihr dürft hier bleiben, bis der Sturm sich verzogen hat, erhaltet Essen, trockene Kleidung und könnt unbeschadet wieder fortgehen.“
„Und wenn es an der Tür klopfen sollte, einige schlecht gelaunte Schattenelfen dastehen und höflich fragen, ob du zwei Männer mit einer auffälligen Armfessel gesehen hast?“, fragte Jivvin unbeeindruckt.
„Wenn eure Vorschläge es wert sind, könnte Am'chur höchstselbst in der Tür stehen und nach euch fragen, ich würde

ihn rausschmeißen“, grinste die Frau gelassen. Ni’yo zog die Augenbrauen hoch, doch offensichtlich wusste die Schmiedin, auf welche Gefahr sie sich einließ, also schwieg er.
Auffordernd nickte er Jivvin zu. „Zeig du es ihr, mit Links bin ich nicht für Feinarbeiten zu gebrauchen.“
Schon bald waren sie zu dritt in ein intensives Gespräch über Eisenschlacke, Holzkohle und Schlagtechniken verwickelt. Während Jivvin demonstrierte, wie mit etwas mehr Kraftaufwand ein besseres Ergebnis produziert werden konnte, man dazu lediglich die Zusammensetzung der Rohstoffe ändern musste, begannen die Augen der Schmiedin zu leuchten.
„Es wird möglicherweise eine größere Zahl an Versuchen nötig sein, bis du nicht mehr allzu viele Fehlschläge erleidest, aber am Ende wirst du Werkzeug wie auch Waffen schmieden können, für die sich niemand mehr zu schämen braucht.“ Verächtlich wedelte Jivvin zu dem Säbel hinüber, den er hatte fallen lassen.
„Gesegnet seien die Himmlischen, dass ihr ausgerechnet in meine Hütte einbrechen musstet!“, rief die Schmiedin begeistert und schlug den beiden Kriegern krachend auf den Rücken. „Aber nun, ihr seid offenbar in schlechter Verfassung und ich lasse euch hier herumstehen“, fuhr sie fort.
„Schon gut. Es ist warm hier drin“, meinte Ni’yo schulterzuckend. Sie griff zu ihrem Werkzeug und hielt es in die Höhe.
„Wer von euch Hübschen will zuerst?“

~*~

Nachdem Yumari – so hieß diese merkwürdige Frau – sie von ihrer Fessel befreit hatte, was sich als langwierige Aufgabe herausstellte, die fast eine Stunde in Anspruch nahm, wies sie den beiden Am’churi wie versprochen einen Platz zum Schlafen

und tischte warmes Essen auf. Sie sorgte sich ein wenig um die Erfrierungen, die beide Männer an Füßen und Händen erlitten hatten, doch die winkten ab – ihre Körper würden damit fertig werden, so lange noch ein winziges bisschen Leben in ihren Gliedmaßen steckte. Yumari bestand dennoch darauf, ihnen nach dem Essen ein heißes Bad in einem Nebenraum zu richten, wogegen sie beide nichts einzuwenden hatten. Ni'yo durfte zuerst, da er die schwereren Erfrierungen aufwies. Die Freude, sich wieder frei bewegen zu dürfen, ebenso wie der Genuss des heißen Wassers, wurden stark von Ängsten gedämpft. Einsamkeit … sie flüsterte in jeder Ecke dieses stillen Raumes, wie ein Tier, das ihm auflauerte. So lange war er einsam gewesen, hatte die Einsamkeit gesucht, sich in ihr stark gefühlt. Jetzt war er nur durch eine dünne Holzwand von seinem Geliebten und Yumari getrennt und es erstickte ihn trotzdem.
Ni'yo blieb gerade lang genug in dem großen Holzzuber, bis er sauber und aufgewärmt war, dann floh er regelrecht zurück in den Wohnraum. Er ließ sich nichts davon anmerken, doch am liebsten hätte er Jivvin begleitet, um nicht mit der Schmiedin allein bleiben zu müssen. Sie war eine Fremde, das war mehr, als Ni'yos zerrissene Seele im Augenblick ertragen wollte. Doch er schwieg und lächelte, als Jivvin ihn verließ.
„Sag mal", flüsterte Yumari, kaum dass Jivvin durch die Tür verschwunden war, „sein Name ist wirklich Jivvin?"
Verwundert starrte Ni'yo sie an. „Ja, gewiss."
„Ich frage nur, weil ich den Namen kenne. Nachbarn von uns hatten so'nen Jungen, der plötzlich verschwunden war. Niemand sagte, warum. Sein Alter käme hin … Und er sieht ja auch aus wie ein Hochländer."

„Er stammt von hier, und er hat zahlreiche Geschwister, wie er erzählte. Von einer Yumari sagte er nichts, aber er hat auch nicht alle Namen genannt."
„Früher hieß ich anders", murmelte die Schmiedin. „Ist `ne lange Geschichte, hat was damit zu tun, warum ich hier alleine lebe und einen für Frauen etwas ungewöhnlichen Beruf habe. Und, ja, wahrscheinlich erinnert er sich nicht mal an mich. Wir haben nicht gerade Tür an Tür gewohnt. Hör zu, sag es ihm nicht, ja? Ich war neugierig, das ist alles. Dachte, er wäre tot oder so."
„Lebt seine Familie denn noch?", wagte Ni'yo zu fragen, unsicher, ob das nicht vielleicht unhöflich war. „Jivvin hat nach ihnen gesucht, fand aber alles von einem Erdbeben verwüstet vor."
„Die Eltern sind wohl tot, aber von den Geschwistern müssten noch ein paar leben. Sind weggezogen, ich weiß nichts darüber. Du sagst ihm aber nichts, oder?"
„Nein", schüttelte Ni'yo hastig den Kopf, und genoss das völlig neuartige Gefühl, sich vor dem drohenden Blick eines anderen Menschen zu fürchten. „Keinen Laut, ich schwöre es. Sicher ist es besser so, wenn Jivvin sich keine falschen Hoffnungen macht."
„Sag mal, was ist das mit euch beiden?", wechselte Yumari plötzlich das Thema und grinste anzüglich.
„Was meinst du?"
„Ihr scheint euch recht nahe zu stehen."
„Neunzehn Jahre intensive Feindschaft, Yumari", sagte in diesem Moment Jivvin von der Tür aus, und rette Ni'yo davor, in hoffnungsloser Verlegenheit zu erröten. Er war es einfach nicht gewöhnt, mit anderen Menschen ein normales Gespräch zu führen, es fiel ihm schon schwer genug, nicht ständig den Blick abzuwenden und den Kopf gesenkt zu halten.

Am'chur, es ist anstrengend, nicht gehasst zu werden, das hätte ich wirklich nicht gedacht!

„Feinde? Ihr benehmt euch nicht wie Feinde."

„Wir haben Waffenstillstand", erklärte Jivvin spöttisch lächelnd. „Zwar eigentlich nur so lange, bis wir die Fessel los sind, aber wir werden Rücksicht auf deine Möbel nehmen und uns erst wieder bekämpfen, wenn wir Kauro verlassen haben."

„Nun gut", lachte Yumari, „wenn ihr bitte Rücksicht auf meine Nerven nehmen mögt und alle anderen Arten von, hm, Auseinandersetzungen lautlos durchführen könntet, während ihr hier seid, wäre ich dankbar." Sie scherzten noch eine Weile miteinander, dann wollte Yumari schlafen gehen und schickte die beiden Am'churi in ihre Kammer, die sich direkt unter dem Dach befand. Sie mussten eine Leiter hinaufklettern und durch eine winzige Luke steigen. Die Leiter nahm Yumari fort für die Nacht, da sie ausgemacht hatten, die Anwesenheit der beiden Krieger möglichst geheim zu halten – man wusste ja nie.

Es war dunkel und eng in dem Raum, ein wenig zugig, insgesamt aber recht warm, da die Hitze des Kaminfeuers bis hier hinauf stieg. Schon bald waren sie beide froh, dass sie nicht in der Wohnstube schlafen mussten, denn es war nicht zu überhören, dass Yumari nicht nur wie ein Mann schmieden konnte, sondern auch wie mindestens drei Männer schnarchte.

Jivvin zog seinen Gefährten besitzergreifend in die Arme.

„Kannst du lautlos sein?", fragte er und knabberte dabei zärtlich an Ni'yos Schulter.

„Möglich, dass ich mich dabei selbst ersticke, aber ja, ich kann es."

„Dann lass es uns versuchen. Immerhin müssen wir feiern, dass wir endlich frei sind, nicht wahr?"

Stumm gab sich Ni'yo den kundigen Händen hin, die seinen Körper entflammten, und feierte die Freiheit, die Liebe und das

Leben. Noch immer wagte er es nicht zu hoffen, verstand nicht, wie es geschehen sein konnte, aber es schien wahrhaftig, als wäre ihm Glück vergönnt.

26.

Es dauerte zwei volle Tage, bis der Sturm sich legte. Tagsüber verbargen sich die beiden Am'churi in der Dachkammer, denn mehrmals kamen Dorfbewohner ins Haus. Sie nutzten die Zeit intensiv miteinander, auf jede nur denkbare Weise, sodass für Langeweile kein Platz war. Abends weihten sie Yumari in das eine oder andere Geheimnis der Schmiedekunst ein, ließen sich aber auch von ihr belehren, unterhielten sich über vielerlei anderes, was ihnen in den Sinn kam, zeigten mit Messerspielen, dass sie nicht nur wahrhaftig Am'churi waren, sondern dazu keinerlei Angst vor Verletzungen kannten. Es fielen ihnen allen drei schwer, Abschied zu nehmen.

„Wenn ihr irgendwann mal wieder in der Nähe seid, kommt vorbei", bat sie. „Ist nicht oft, dass man auf verständige Männer trifft, die mich nicht für eine Missgeburt halten und dazu noch gerne über die Schmiedekunst reden."

„Wenn die Götter es wollen, werden wir uns schon bald wiedersehen", erwiderte Ni'yo. Er schrak zusammen, als sie ihn in eine knochenbrechende, herzliche Umarmung zog. Noch immer hatte er Schwierigkeiten mit dem Gedanken, dass sie in ihm einen normalen Menschen sah.

„Ich freue mich auf euch!"

Sie brachen im Schutz der Dunkelheit auf, marschierten auf Vaio zu, vom ersten Tageslicht bis tief in die Nacht, ohne zwischendurch lange zu rasten – aber wann immer sie anhielten, konnten sie nicht voneinander lassen. Manchmal war Jivvin sich unsicher, ob Ni'yo sich nicht zu bereitwillig hingab, fast schon unterwürfig in seine Arme sank. Aber vielleicht war die Sehnsucht des jungen Am'churi nach Nähe und Berührung so stark, dass er immer danach verlangte, egal, wann Jivvin sich ihm näherte. In diesen Stunden sprachen sie nicht viel miteinander, es war ein zufriedenes, vertrauensvolles Schweigen. Auch, wenn sie sich erst jetzt wahrhaftig kennen lernten, es so vieles gab, über das sie reden wollten, hatten sie beide das Gefühl, dass sie erst die Antworten auf die dringendsten Fragen abwarten mussten. War die Gefahr durch die Kalesh nun gebannt? Galt das merkwürdige Gesetz nicht mehr, da ihnen die Flucht gelungen war? Jivvin achtete darauf, seinen Gefährten immer wieder zu berühren, ihm mit vielen kleinen Gesten zu zeigen, dass der Hass tatsächlich verschwunden war. Er wusste, Ni'yo war stark genug, um sich anzupassen, die Vergangenheit hinter sich zu lassen, aber es würde Zeit kosten, dazu jedes bisschen Kraft, das in ihm steckte. Die Art, wie Ni'yos Gesicht vor Freude aufleuchtete, wenn Jivvin nur seine Hand ergriff, oder ein freundliches Wort zu ihm sprach, berührte ihn tief, zeigte ihm, wie verletzt dieser Mann wirklich war. Er bewunderte die Kraft, mit der Ni'yo all dies trug, war froh, dass die Alpträume nicht mehr wiedergekehrt waren. Wenn neunzehn Jahre Hass notwendig gewesen sein mussten, um aus Ni'yo ein solch unglaubliches Wesen zu formen, solch eine Verbundenheit zwischen ihnen erst zu ermöglichen, dann waren es keine verlorenen Jahre gewesen. Entsetzlich, in vielerlei Hinsicht, aber nicht vergeudet.

~*~

In den frühen Morgenstunden betrachtete Jivvin seinen schlafenden Geliebten, versuchte diesen Moment der Ruhe in sich zu bewahren, in dem Bewusstsein, dass es möglicherweise bald enden könnte. Sie wussten nicht, was die Zukunft für sie brachte, welches Schicksal die Götter ihnen aufzwingen würde.
„Ich liebe dich“, flüsterte er, nachdem sie sich erneut vereint hatten, als sie zufrieden und müde dalagen, fest umschlungen,

und sich einfach weigerten, den langen Weg in Angriff zu nehmen.
Ni'yo schwieg, doch das Glück, das aus seinen Augen strahlte, war Antwort genug.
„Es gibt keine Zukunft für uns", wisperte er, suchte Jivvins Lippen für einen zärtlichen Kuss.
„Ich weiß. Aber du sollst trotzdem wissen, dass ich dich liebe. Ich verspreche dir nichts, weder, dass diese Liebe unsterblich ist noch irgendetwas anderes, was ich vielleicht nicht einhalten kann. Doch jetzt, hier, in diesem Augenblick, liebe ich dich."
„Jivvin … wenn ich in Worte fassen könnte, was du mir alles bedeutest, was du mir geschenkt hast, würde ich nächstes Jahr noch hier liegen und reden. Ich liebe dich, Jivvin. Ich habe dich geliebt, als du mein Feind warst und ich dich dafür hasste, und ich liebe dich jetzt, mit allem, was ich bin und besitze. Was auch immer das Leben mir noch antun wird, du hast mich gerettet. Vor mir selbst und der Einsamkeit."
Noch ein wenig zögerten sie das Unvermeidliche hinaus, küssten und umklammerten sich voller Wehmut. Doch schließlich mussten sie sich trennen und dem stellen, was auch immer sie erwarten würde.

~*~

Es war eine Übermacht von solchem Ausmaß, dass sie nicht einmal an Kampf zu denken wagten. Hunderte, vielleicht auch tausende Schattenelfen traten stumm zwischen den Bäumen hervor, so überraschend, als wären sie aus den Wurzeln selbst entsprungen. Flucht war ausgeschlossen, das wussten sie beide sofort. Ohne jede Hoffnung auf Überleben zogen die beiden Am'churi ihre Waffen, nickten einander rasch zu.

„Es ist gut, nicht einsam zu sterben“, flüsterte Ni'yo. Er hob den Säbel, bereit, als Krieger unterzugehen.
Doch da teilte sich die stumme Masse dunkler Gestalten, und der weißhaarige Elf trat vor.
„Haltet ein, Am'churi“, sagte er, hob seine Hände, um zu zeigen, dass er unbewaffnet war. „Wir sind nicht hier, um euch zu töten. Legt eure Waffen nieder, und wir werden euch helfen zu verstehen.“
Zögernd senkten Jivvin und Ni'yo die Säbel, starrten in die fremdartig schönen Gesichter der sie umgebenden Elfen. Es war keine Feindseligkeit, die ihnen begegnete. Niemand richtete eine Waffe auf sie, trotz der Anspannung und Wachsamkeit, die spürbar blieb.
„Mein Name ist Ilanrin. Folgt mir, Am'churi.“
Mit dem Gefühl, einen schweren Fehler zu begehen, lösten sie ihre Waffengürtel, legten die Säbel ab, und marschierten an schweigenden Schattenelfen vorbei. Schon bald schritt Ilanrin mit ihnen an der Spitze dieses Heers, das ihnen lautlos folgte, auf verschlungenen Wegen durch die Wildnis, bis sie auf eine Lichtung traten, auf der zwei Gestalten am Boden zu liegen schienen. Erst auf dem zweiten Blick wurde offenbar, dass es sich um Statuen handelte, aus glänzend schwarzem Gestein. Ni'yo kniete neben ihnen nieder, berührte zögerlich die Gesichter dieser menschenähnlichen Figuren. Traurig blickte er zu ihrem Führer auf.
„Du hast es erkannt, nicht wahr?“, fragte Ilanrin.
„Ja, es ist offensichtlich.“ Dann bemerkte Ni'yo den verständnislosen Blick seines Gefährten, und winkte Jivvin zu sich.
„Sie haben einst gelebt“, sagte er. „Sieh her, ein Am'churi und ein Schattenelf.“ Nun erkannte auch Jivvin die klauenartigen Hände der einen Gestalt, die den Hals des Elfen umklammerte.

In der Brust des Am'churi steckte ein Dolch. Sie hatten sich gegenseitig getötet.

„Einst lebten Menschen und Elfen friedlich nebeneinander. Unser Volk bevorzugte die Wälder und Berge, die Menschen lebten an den Küsten und Wasserläufen. Unsere Wege kreuzten sich selten und ohne Hass. Dann entdeckten die Götter diese Welt, und nahmen sie in Besitz."

Ni'yo und Jivvin nickten, sie kannten diese Legende vom Anbeginn der Zeit. Ilanrin lächelte bitter, als er fortfuhr: „Die Götter wählten zunächst aus beiden Völkern der Sterblichen jene aus, mit denen sie ihre schicksalshaften Spiele begingen, nach grausamen Regeln, die nur den Allmächtigen verständlich sind. Dann aber stritten sie sich darüber, ob dies der richtige Weg sei, denn allzu oft starben die Auserwählten, ohne ihre Aufgaben erfüllen zu können. Die Sterblichen seien zu schwach und nicht geeignet für den Krieg der Götter. Sie würden sich lieber gegenseitig helfen und die Schwachen beschützen statt sich zu bekämpfen. Am'chur war es, der eine Wette vorschlug. Ein Mensch und ein Elf sollten aneinander gekettet und in die Wildnis geschickt werden. Wenn sie als Freunde und lebendig zurückkehren würden, dann wolle man nicht länger versuchen, diese beiden Völker gegeneinander aufzuhetzen. Andernfalls wäre bewiesen, dass wir zum Hass geboren sind."

Der alte Elf kniete nun ebenfalls neben den beiden steinernen Gestalten nieder, und berührte sie ehrfürchtig.

„Der Gott Kalesh nahm die Wette an und wählte den Elf als seinen Krieger. Am'chur wollte gewinnen und stattete den Menschen mit jenen Fähigkeiten aus, die heute einen Am'churi kennzeichnen. Dazu verletzte er den Elfen heimlich, um die Bedingungen zu seinen Gunsten zu verändern. Kalesh wurde wütend und schenkte seinem Erwählten die Macht, über Schatten zu gebieten und selbst zum Schatten werden zu können. Es kam, wie es kommen musste: Unfähig, voreinander zu fliehen, ohne Hoffnung zu überleben, schlichen sich Zorn und Hass zwischen die beiden Gefesselten. Der verletzte Elf, obwohl von Natur aus stärker als der Mensch, wurde zu solch einer Belastung, dass es in einem Kampf gipfelte, den beide nicht überlebten."

Von Grauen erfüllt starrten Jivvin und Ni'yo auf die versteinerten Krieger. Da regte sich plötzlich die Statue des Am'churi. Er schlug die Augen auf, die von dem Feuer des Gottes erfüllt waren.

„ICH SAH EIN, DASS DIES DER FALSCHE WEG GEWESEN IST", grollte Am'chur. „KALESH VERSTEINERTE DIE BEIDEN ALS EWIGES MAHNMAL. MEINE WETTE WAR GEWONNEN, DOCH AUF UNEHRLICHE WEISE. VON DA AN SUCHTE ICH DEN WEG DER EHRE, DEM MEINE ERWÄHLTEN ZU FOLGEN HABEN."

Ilanrin fuhr fort: „Es kam zu einem Abkommen zwischen den Göttern. Alle dreihundert Jahre wird die Wette wiederholt, doch nur mit Am'churi als Opfer. Die beiden besten jungen Meister des Tempels werden gefesselt und in die Wildnis geschickt, dabei zuvor von uns Schattenelfen verletzt und gejagt. Dabei ist es wichtig, dass sie zuvor die Geschichte von dem, was einst war, nicht kennen, sonst wüssten sie, dass sie von uns nicht wirklich etwas zu befürchten haben. Noch ein jedes Mal endete es mit dem Tod beider Am'churi, gleichgültig, wie eng sie zuvor befreundet gewesen waren."

„IHR, DIE IHR FEINDE WART, HABT GESCHAFFT, WO FREUNDSCHAFT VERSAGTE. IHR HABT DEN STREIT DER GÖTTER BEENDET UND DAMIT DIE FEINDSCHAFT ZWISCHEN ZWEI VÖLKERN. FORTAN WERDEN WIR NICHT MEHR IN EUER

SCHICKSAL EINGREIFEN UND VERSUCHEN, UNFRIEDEN ZWISCHEN EUCH ZU SCHÜREN.“

Die Statue schloss die Augen wieder, als der Gott sie verließ, und mit einem Mal zerfielen beide Krieger zu Staub.

Eine Weile lang herrschte tiefes Schweigen. Niemand begriff wirklich die Tragweite dessen, was gerade geschehen war. Schließlich aber blickte Ni'yo auf und suchte Ilanrins Blick. Der Elf nickte ihm zu; er wusste, was der junge Am'churi fragen wollte.

„Wir haben versucht, einen Krieger zu erschaffen, der das Wesen beider Völker in sich trägt. Er sollte zum Boten zwischen uns werden und den göttlichen Streit auf andere Weise beenden. Wir hatten Angst, dass sonst niemals Frieden einkehren würde. Es ist nicht gelungen, du bist ein Mensch, ein Am'churi, der nur die finstere Seite der Elfenmacht geerbt hat. Wir fürchteten, was wir in dir sahen und versuchten dich zu töten, als du den zweiten Sommer erreicht hattest und immer mehr von deiner Gefährlichkeit offenbar wurde. Doch deine Mutter ist mit dir und deiner nachgeborenen Schwester geflohen.

Als sie mit dir zum Tempel des Am'chur ging, spürten wir sie auf. Beinahe wäre es uns gelungen, euch beide umzubringen. Wir dachten, du wärst tot, als sie dich leblos vor dem Tor liegen ließ! Der Großmeister schenkte deiner Mutter eine Schuppe der göttlichen Statue. Eine Waffe, mit der sie viele der unseren tötete, bevor wir sie überwältigen konnten. Sie beging Selbstmord, als sie keinen Ausweg mehr sah.“

Beschämt senkte Ilanrin den Kopf. Jivvin nickte nachdenklich: „Also das war der Grund, warum ihr uns immer wieder angegriffen habt? Ihr hattet Rache gesucht? Das war es, was Leruam uns nicht erklären wollte?“

„Ja. Aus diesem Grund haben wir versucht, dich von Am'chur zu trennen. Um die Händler, die doch nur schuldlose Menschen waren, vor dem Zorn etwaiger nachfolgender Krieger zu schützen, legten wir Spuren, deutlich genug, um uns folgen zu können. Wir rechneten nicht so bald mit Angriffen, und gewiss nicht mit dir, Ni'yo. Erst da haben wir erkannt, dass der Schattenkrieger, den wir erschufen, noch lebt und ahnten, du würdest zu den beiden Meistern gehören, die schon bald auf den Weg geschickt werden mussten."

Der Alte erhob sich und gab den anderen ein Zeichen.

„Kehrt zurück zu eurem Tempel. Fortan sollen die Wege von Elfen und Menschen sich wieder in Frieden kreuzen."

Mit diesen Worten trat er in den Schatten, und in vollkommener Lautlosigkeit verschwanden sie, als hätte es sie nie gegeben.

Jivvin und Ni'yo blieben zurück, zu aufgewühlt, um sprechen zu können. Es dauerte lange, bis sie fähig waren, sich wieder auf den Heimweg zu begeben. Gleichzeitig blickten sie auf, als Wolfsgeheul erklang, nicht weit von ihnen entfernt. Jivvins Hand irrte zu seiner Waffe, doch Ni'yo schüttelte den Kopf.

„Uns droht keine Gefahr." Er wusste, Lynea würde sich ihm im Augenblick nicht nähern, doch sie hatte ihn wissen lassen, dass sie hier war.

„Leb wohl, Schwester", wisperte er. „Irgendwann, vielleicht, sehen wir uns wieder ..."

27.

Ein Novize öffnete ihnen das Tor und verneigte sich tief, als er Jivvin erkannte. Ni'yo hielt wie stets den Kopf gesenkt, um den Jungen nicht zu erschrecken.
„Wo finden wir Meister Leruam?", fragte Jivvin.
„In seinen Räumen, aber …"
„Danke!" Jivvin ließ den Novizen nicht aussprechen, sondern eilte sofort mit Ni'yo an der Seite zum Haus der Großmeister. Sie waren beide begierig zu hören, was Leruam ihnen womöglich zu sagen hatte, sie brauchten so dringend Rat und Antworten!
Vor der Tür, die zum Tempelvorsteher führte, hatte sich allerdings Tamu als Wächter aufgebaut. Der jüngere Großmeister musterte Ni'yo nur flüchtig, warf dann Jivvin einen mörderischen Blick zu.
„Du kennst doch die Regeln!", knurrte er in der geheimen Sprache.
Verwirrt tauschten Ni'yo und Jivvin einen kurzen Blick. Was sollte das?
„Verzeiht", fuhr Meister Tamu fort und verneigte sich tief vor Ni'yo, „was auch immer Euch hierher führte, werter Ashin, ich muss es Euch verweigern. Womöglich hat Meister Jivvin vergessen, dass Besucher des Tempels im Haupthaus zu warten haben, selbst, wenn ihr Anliegen sehr dringend sein sollte. Großmeister Leruam ist nicht in der Verfassung, Euch zu empfangen. Bitte, lasst Euch von Meister Jivvin zum Haupthaus führen. Großmeister Orophin wird sich, sobald er abkömmlich ist, Eurem Anliegen widmen."
Sprachlos starrte Jivvin Tamu an. War der Großmeister plötzlich blind geworden? Ni'yo hingegen fasste sich recht schnell.

„Meister, Ihr kennt mich. Bitte, ich muss zu ihm, wenn es irgendwie möglich ist“, sagte er, und blickte offen in Tamus Gesicht.
Der wischte sich verblüfft über die Augen. „Ni'yo? Aber ...“ Er stockte, blickte über die Schulter auf die geschlossene Tür. „Jetzt verstehe ich. Geht hinein, alle beide. Erschreckt nicht, Leruam hat sich ebenso verändert wie du, Ni'yo.“ Ein Schatten legte sich auf das freundliche Gesicht des hünenhaften Am'churi. Still trat er zur Seite und ließ sie eintreten.

Der Raum war dunkel, es roch nach Krankheit und Verfall. Besorgt traten Ni'yo und Jivvin an das Bett heran, in dem Leruam lag. Eine einzelne Kerze spendete Licht.
Der Meister aller Meister war kaum wieder zu erkennen. Fort war der vom Alter ungebeugte, vor Leben und Kraft sprühende Mann. Ein uralter Greis lag dort und wartete friedlich auf den Tod.
Er blinzelte, als sie sich links und rechts von ihm niederließen, und streckte die knorrigen, zitternden Hände nach ihnen aus.
„Ich habe auf euch gewartet“, sagte er lächelnd. Es war ein warmes, fröhliches Lächeln, das den gesamten Raum erhellte. „Gut, dass ihr euch beeilt habt. Meine Aufgabe in dieser Welt ist erfüllt, Am'chur hat seinen Segen von mir genommen. Er hält mich gerade noch lange genug, dass ich euch den Weg in eure Zukunft weisen kann, danach ist meine Zeit abgelaufen.“ Er griff nach Ni'yos Hand, drückte sie mit überraschender Kraft.
„Du warst meine Aufgabe, wie du weißt, Ni'yo, sonst wäre ich schon vor über einem Jahrzehnt in die nächste Welt gegangen. Am'chur hatte mich ausersehen, über dich zu wachen und alles zu tun, um dich im Kampf gegen den Schatten der Elfen zu unterstützen. Dich vor dir selbst und die Welt vor dir zu

beschützen." Leruam blickte zu Jivvin, lächelte ihm voller Stolz und Anerkennung zu. „Und auch du warst meine Aufgabe, ich sollte dich zu wahrer Größe führen. Du solltest derjenige sein, der Ni'yo auf dem Ehrenweg der Am'churi bezwingen und töten kann, falls es notwendig sein würde. Für sehr lange Zeit haben weder Am'chur selbst noch ich eine Möglichkeit gesehen, Ni'yo wirklich zu helfen."

Der alte Mann schwieg, schloss erschöpft die Augen. Ni'yo beugte sich besorgt vor und sagte:

„Meister, was ist geschehen?"

„Du hast den Schatten in dir überwunden. Wahrscheinlich weißt du es nicht, aber du leuchtest wie ein Stern, aus dem Inneren heraus. Du hast dich dem Leben zugewandt und Liebe gefunden, was niemand zu hoffen gewagt hatte ... Der vernichtende Zorn, der in dir war, du wirst ihn nicht mehr finden. Es sei denn, du selbst wirst ihn eines Tages suchen und wieder erwecken. Ich war verdammt zu warten. Zu warten, ob Jivvin sich an seine Ehre hält, zu warten, ob du, Ni'yo, dich selbst in höchster Not weigern würdest, ihn zu töten. Ich hatte Angst um euch beide. Doch ihr habt mir gezeigt, dass ihr wahrhaftige Krieger geworden seid, auf die ich stolz bin."

Er lächelte ihnen verschmitzt zu. „Am'chur zeigte mir, was geschehen ist. Ich war dabei, als Ni'yo den Wasserfall bezwang. Ich war dabei, als Jivvin entdeckte, dass Liebe niemals unmöglich ist, egal, wie widrig die Umstände sind. Liebe allein aber reicht nicht, um solch tiefen Hass und Schmerz zu überwinden, wie du es erfahren hast, Ni'yo – du musstest dich freiwillig dafür entscheiden. Niemand hatte geglaubt, dass du dazu fähig sein könntest, da du so jung warst, als du deine Familie verloren hast und auf einsame, schmerzhafte Weise aufwachsen musstest. Noch viel weniger hätten wir gedacht,

dass du, Jivvin, deinen Hass überwinden könntest. Ich bin so froh, dass ich mich geirrt habe!"
Leruam drückte ihrer beider Hände und strahlte sie an.
„Am'chur lässt mich gehen. Meine Aufgabe ist erfüllt, ihr beide dürft nun eurem eigenen Weg folgen."
Eine Weile schwiegen sie alle drei. Dann seufzte Jivvin:
„Was wird nun geschehen?"
„Das liegt bei euch. Ich werde bald sterben, und Tamu wird den Vorstand des Tempels übernehmen. Er wird allen Am'churi erzählen, was es mit dem Streit der Götter und den Schattenelfen auf sich hatte. Ni'yo – keine Sorge, alles andere bleibt zwischen dir und Jivvin." Er zwinkerte ihnen zu.
„Wenn du willst, kannst du bleiben, was du bist, ein Meister der Am'churi. Oder du kannst den Tempel verlassen und dein Glück woanders suchen. Die Liebe zwischen euch beiden wird euch so wenig untersagt wie jedem anderen Am'churi, so lange dies die Erfüllung eurer Pflichten nicht behindert."
Leruam schenkte ihnen ein letztes Lächeln. Dann schloss der Meister aller Meister die Augen und schlief ein. Sie spürten beide, dass der alte Mann niemals wieder erwachen würde. Schweigend blieben sie an seiner Seite und wachten, bis es vorbei war.
Mit Leruam war die Vergangenheit besiegelt. Sie blickten nun neuen Zeiten entgegen, voller Ungewissheit, aber auch Hoffnung. Ni'yo lächelte seinem Geliebten zu. Er wusste nicht, was er erwarten durfte, aber er hatte eine Zukunft. Sie beide hatten eine Zukunft.
Die Ehre der Am'churi war gewahrt.

MAGIERBLUT – Die Dämonen des Caskáran
Simon Rhys Beck
ISBN 978-3-934442-43-6

Als Zeth, der Anführer der schwarzen Dämonen, zufällig auf den jungen Bennet trifft, ahnt er nicht, dass dieser ein gefährliches Geheimnis in sich trägt. Er nimmt den Jungen als Knappen bei sich auf.
Bennet bemerkt bald, dass zwischen ihm und seinem neuen Herrn eine mysteriöse Anziehungskraft besteht. Er weiß aber auch, dass sein Schicksal ihn zu Zeths Feind machen wird.

dead soft verlag – Bücher für die andere Seite
http://www.deadsoft.de

Gay Storys mit Stil